LA BÊTE
À
BON DIEU

DU MÊME AUTEUR

Chez Bernard Grasset

LA GUERRE À NEUF ANS
TOUPIE LA RAGE
GUERRE APRÈS GUERRE

Chez Julliard

JE TE REPARLERAI D'AMOUR,
LE NAIN JAUNE

PASCAL JARDIN

LA BÊTE
À
BON DIEU

FLAMMARION

Il a été tiré de cet ouvrage :
QUINZE EXEMPLAIRES SUR PUR FIL
DES PAPETERIES D'ARCHES
DONT DIX EXEMPLAIRES NUMÉROTÉS DE 1 À 10
ET CINQ EXEMPLAIRES, HORS COMMERCE, NUMÉROTÉS DE I À V

TRENTE EXEMPLAIRES SUR VELIN ALFA
DONT VINGT-CINQ EXEMPLAIRES NUMÉROTÉS DE 11 À 35
ET CINQ EXEMPLAIRES, HORS COMMERCE, NUMÉROTÉS DE VI À X

Le tout constituant l'édition originale.

Printed in France
ISBN : 2-08-064281-2

à Jean-Louis Amiel

I

LES RAISONS D'UN RÉCIT

Si je ne craignais pas Voltaire, tout le dix-huitième siècle et ses goûts pour les suppléments, j'aurais appelé ce livre :

« Les Nouveaux Appendices au Nain Jaune. »

Pour une fois, en accord avec le Larousse, j'aime ce terme que je trouve aussi réjouissant sous la langue que le mot « polochon » : « Appendice — du latin, qui est suspendu — ce qui sert de prolongement à une partie principale, complément à la fin d'un ouvrage, appendice en forme de langue ou de nez ; nom donné à certains organes fixés sur le corps des insectes, des crustacés, pattes, antennes, pièces buccales, appendice vermiculaire ; diverticule creux, en doigt de gant, abouché au cæcum. » Ici, s'arrête le dictionnaire.

Mais, pour le Nain Jaune, j'ajouterai : suite, déploiement des mandibules affectives, retrouvailles profondes et tragi-comiques avec mes racines génétiques et affectives, foisonnement de fantasmes lyriques, consolation des miens, haro sur l'ennemi, Mozart, musique de nuit, grande parade des clowns, refrappez les trois coups, mon père avait raison : Je fais revenir papa.

Après deux années de silence, je reprends ce que Marcel Pagnol appelait sa plume d'or, celle qui désire surtout transcrire la tendresse et la gaieté, celle que je trempe le moins possible dans un liquide noir, mais plutôt, à ma préférence, dans un encrier tout rempli de soleil.

Bien sûr, quand le premier Nain Jaune poussa la porte du libraire, il y eut bien quelques grincheux qui redirent à ceci, à cela, à ratati, à ratata, que le Nain Jaune n'était ni de Gaulle ni le pape, qu'il n'avait jamais sauté par les fenêtres plus de huit ou dix fois. Mais dans l'ensemble, à part une lettre haineuse d'un ancien ingénieur S.N.C.F. à la voie, au train, à la traction, aux matériels, aux marchepieds ou aux soufflets, que sais-je, du réseau Paris-Ouest, qui affirmait que mon père (je cite de mémoire) ne fut jamais le bras droit de Raoul Dautry, patron des Chemins de Fer, mais officiellement un simple agent au train, de l'échelle B.C.Q, assimilé plus tard au titre de sous-chef de réseau, avec des points de retraite insuffisamment copieux pour faire de lui un jour un cheminot supérieur de l'échelle Y.Z. A part ces propos sûrement exacts et d'une nullité poétique dont ne possèdent le secret

« Mon père avait deux fils, l'Europe et moi... »

Jean GIRAUDOUX.

que certains commis de l'Etat, et puis aussi une grosse colère appuyée de grincements et de succions de dentier de ma tante d'Evreux, la sœur de papa, à part ces deux personnes que je chasse de ma mémoire comme un vieux chat tigré se débarrasse d'une mouche, d'un claquement de la queue, je reçus pour ce petit livre plus de compliments et de missives tendres que je n'en espérais pour ma vie tout entière.

Mais mon inspiration première, mes plus solides piliers, mon meilleur public, demeure mes propres enfants.

— Encore une autre, papa !

Une autre quoi ? Mais une aventure de grand-père, bien sûr. Et peu à peu, au travers de leurs yeux et de leurs questions, le destin si souvent tragique du Nain Jaune s'estompait. Je voyais bien que pour eux, dans le premier printemps de leur première jeunesse, je n'avais eu qu'un privilège, celui de les avoir fait rire.

— Encore une, papa.

C'est ainsi que je me mis à consigner, à leur usage, tous les rêves du Nain Jaune, dont il m'avait parfois entretenu, ses mésaventures, ses mensonges exquis, ses tours de force physiques, amoureux, financiers, mondains, religieux, et puis aussi ses folies, ses humeurs oubliées.

L'envie d'écrire, il faut l'attendre, la guetter, l'espérer, et, quand se présente l'idée ou l'émotion, il faut se jeter dessus comme un chasseur fou.

Le téléphone sonna. C'était, il me semble, vendredi dernier et le petit matin.

— Allô, papias ? Mamias me dit de te demander cent francs pour aller à Gambais par le chemin de fer !

— Rapplique !

Je descendis dans la rue et m'appuyai à ma voiture. Deux minutes plus tard, dans un bruit de pétarade et de pot d'échappement usagé par le cross, je vis débouler Alexandre. Il portait sur la tête un casque métallique, bleu horizon, pourvu d'une visière style retour de croisade. Une mentonnière en caoutchouc lui enserrait si fort le menton qu'elle gênait son élocution. Ses yeux brillaient de la vitalité des premières espérances : quatorze ans. Il est superbe. C'est moi, mais beau, jeune, athlétique, avec une gaieté dense et forte, plus rêveuse qu'insolente. Je lui donnai ses cent francs et il entreprit d'escorter ma voiture vers le lieu où j'avais rendez-vous. Je roulais lentement dans les embouteillages : la mouche du coche. Il se trouvait derrière en même temps que devant, puis repassait à mon niveau pour me vanter les mérites de son premier amour, une certaine Yougoslave qui se nommait Olga. Il irradiait de vie. La force de ses muscles semblait à cet instant ne jamais devoir le trahir. Il existe des demi-dieux, ce sont certains demi-hommes.

— Encore une, papa.

Oui. J'allais leur en retrouver à nouveau des histoires de Nain Jaune.

Soudain, folie heureuse et bien momentanée de celui qui écrit, je me sentais Babar, je me sentais Saint-Ex. Les enchantements revenaient à moi, et l'enfance perdue cernait les pieds de ma table. Elle les escaladait, elle coulait dessus avec toutes ses musiques, ses parfums, et tout cela s'engouffrait pêle-mêle dans le stylo, puis s'écoulait par la plume...

Allons, branchons la soufflerie qui actionne la mémoire, et faisons-la ronfler. Roulons sur toute la piste, prenons de la vitesse et décollons au bout, en priant Dieu le Père que ces ailes si grandes qui me gênent pour marcher deviennent pour un instant des ailes de géant.

J'ai appelé ce nouveau et dernier Nain Jaune *La Bête à bon Dieu,* pour trois raisons.

La première est que mon père était une foutue Bête et un foutu bon Dieu.

La seconde est que Bête à bon Dieu est un très beau vieux nom, fabriqué avec une faute d'usage ou de français comme il vous plaira.

Troisièmement, la Bête à bon Dieu est un animal bénéfique, et la maison de campagne où j'ai rédigé ce livre en est peuplée en toutes saisons. Au moment où j'écris ces lignes, un petit porte-bonheur traverse ma feuille de papier avec, bien refermées, ses ailes d'écailles rouge et marron. Aujourd'hui que mon père s'est envolé encore plus haut, plus loin qu'avant, je lui offre ce deuxième surnom qui associe l'idée de bonheur aux ailes de l'espérance, et puis au nom de Dieu. Car, si lui et moi, nous n'y avons jamais vraiment cru, c'est avec de tels regrets que, si on les mettait bout à bout, on en ferait une guirlande longue comme le tour de France ou la Grande Muraille.

Mon père avait sur cette terre la nostalgie de Dieu. Lui qui avait connu le monde entier ne pensait pas un jour le rencontrer. Mais il y pensait souvent. Quand cela le prenait, entre dix mille haines et soixante-dix injures, sans compter ses affaires, immenses, ténébreuses, variables comme la géométrie, il laissait tout en plan, il prenait son missel et fonçait à l'église. S'il y trouvait une messe, il la prenait en route. S'il n'y en avait pas, il en négociait une rapide avec le premier curé venu. Dès le début de l'office, il se mettait à prier avec intensité, très vite, très fort, à mi-voix, en latin, et malheur au bedeau ou à la vieille chaisière qui par inadvertance venait à le frôler. Amen !

II

LA SOUVERAINE

Un soir de fin d'été où j'étais venu en Suisse, sur les bords du lac Léman, dans le jardin de sa maison, le Nain Jaune convoqua ses trois fils, l'aîné Simon, le cadet Gabriel, et moi-même, le moyen, pour les entretenir d'une affaire soudaine, cuisante et douloureuse.

Ma mère était présente et considérait la brume du soir et les canards sauvages à travers le face-à-main qui lui venait de sa grand-tante Rosalie Dulondel. Elle portait ses cheveux coiffés sagement en chignon, un châle de fine laine noire tombait de ses épaules, et sa rêverie était si dense que les propos de son époux ne semblaient pas lui parvenir.

Le Nain Jaune, assis sur un banc de pierre

arquée qui suivait la forme des buis taillés où il était adossé, triturait à distance le gravier de sa canne, en regardant le lac. Ses lunettes en demi-lune appuyées sur l'extrémité de son nez, gros du bout, laissaient apercevoir son regard pétillant comme un feu de broussailles de la Haute-Provence.

— Vieillard perclus de désespérance, mais jamais las de guetter dans la nuit une lueur d'espérance...

Il fut interrompu dans sa période oratoire chateaubriand-gaullienne par une grosse quinte de toux, provoquée par le barreau de chaise d'un grand cru de la Havane, qui mourinait au bord des lèvres de sa belle bouche sensuelle, amère et désolée.

— Mes gars ! J'ai soixante-dix ans, une mauvaise santé de fer, toute rongée de rouille. Je n'aspire qu'à la paix des grands cimetières marins et pourtant il me faut reprendre mon bâton de pèlerin pour nourrir ma famille !

Mes deux frères et moi-même, persuadés qu'illico il partait pour la Chine, tel Marco Polo, nous verdîmes pour lui.

Il leva son bras droit et, de sa canne, décrivit dans le soir une sorte de moulinet destiné à faire surgir les enchantements et à capter l'attention de ma mère.

Les enchantements survinrent, mais ma mère resta hors d'atteinte des propos de Burgrave.

— Je possède un ami qui fabrique des chaudières, moi je les vends aux Turcs et aussi à Moscou. Une crise de goutte le cloue dans son château, dans une région du monde hors de toute atteinte. J'y vais. C'est en Corrèze !

Il n'avait pas l'air sûr de jamais en revenir. Moi, la Corrèze, je pensais comme beaucoup qu'on l'atteint par la route, que ce n'est pas la Corée, que le Massif central n'est pas l'Himalaya, que la préfecture de Tulle est loin du Honduras et tous autres pays dont nous autres, Normands, ne connaissons que les noms et qu'il nous arrive souvent de confondre avec les marques de certains chocolats qui se vendent à l'entracte.

Les douleurs morales, physiques et mystiques ressenties par mon père à l'idée de ce voyage étaient infinies. Une sorte d'asthme galopant, des éruptions surprises, des rhumatismes qu'il n'avait jamais ressentis auparavant, lui torturaient les os, la viande, la peau, le nez, tout le bien-être. Il prenait sa température dix fois par jour et de toutes les manières, en marchant et en téléphonant à Paris, à son médecin de confiance, les résultats comparés que fournissaient les deux tubes de verre emplis de mercure, enfouis dans ses deux extrémités : 36°4, 92, 140 et 39 ! La courbe était sévère et semblable au compte d'exploitation d'un producteur de cinématographe.

J'essayais de lui interdire de happer des goulées

de thé brûlant quand il avait le thermomètre du haut dans la bouche, cela faussait sa chaleur naturelle. Je surveillais chacun de ses pas, craignant qu'il ne s'effondrât dans un fauteuil avec son second thermomètre dans le fondement.

Bref, le mélodrame était partout, le ciel était au gris et les hirondelles volaient à ras de terre.

Ma mère était préposée à la confection des bagages. Malgré une chaleur torride, elle dut empiler dans d'anciennes valises, très Orient-Express, une pelisse polaire, des bonnets de fourrure, des snow-boots et des moufles tellement rembourrées qu'elles faisaient à papa des mains comme des melons.

Plus l'heure du départ pour cette foutue Corrèze se profilait à l'horizon, plus le Nain Jaune agonisait.

— Trois jours sans la maison, ta mère, les chiens, tes frères et même toi ! Infernal ! Quelle pouillerie d'époque qui oblige un vieillard à sortir de chez lui pour glaner sa pitance. Mon vieux Père, mon vieux Plus, mon vieux Ploum, cette Corrèze-là sera mon Chemin des Dames. Approche-toi un peu, ta coiffure cinéma te donne l'air d'une bille.

Et, avant que j'aie pu me dégager, il me rabotait les oreilles à grands coups de peigne d'écailles blondes.

Ne sachant plus que faire pour apaiser sa peine, je lui proposai de l'amener moi-même :

— Je tiendrai le volant.

— Impossible, c'est Marco.

Marco était un chauffeur de taxi de la ville de Vevey qui possédait une De Soto bleu pétrole, énorme, et pourvue de strapontins.

— C'est lui qui me conduit, c'est lui qui me ramène. Tout est organisé ! Il a des jerricans, trois roues de secours dans le coffre, six thermos de café, une pile de couvertures pour franchir le mont Chauve...

— Quel mont Chauve ?

— Ne me contredis pas, ne change pas mes plans. Ce qui m'abîmerait le plus, ce serait un imprévu.

Le Nain Jaune haïssait tout imprévu qu'il n'avait pas fabriqué. Si l'un de ses amis apparaissait au bout du jardin et que mon père lui criait, bras tendus :

— Vous ici, quelle tendresse, quelle amitié, quelle heureuse surprise ! Pour tout dire, en un mot, mon Dieu, quelle beauté !

Je savais alors que tout avait été mis en scène bien longtemps à l'avance, que l'arrivée de cet ami correspondait à une ordonnance et à une précision globales du Nain Jaune qui tenait compte des horaires des trains, de la météorologie, de la relecture de saint Thomas d'Aquin, de la santé des chiens, de l'humeur du valet de chambre, du cours de l'or sur la place de Zurich, de la migration des oiseaux sauvages au-dessus de la plaine du Rhône, de quelque anticyclone au-dessus des Açores, de la tournure des vents au-dessus de la girouette, de la robe de maman, le vert étant prohibé et entraînant l'annulation immédiate de tous les programmes.

Ainsi, donc, toutes ces exigences ayant été respectées, il partit dans un grand fracas de désespoir et de jurons humanistes. Maman, mon frère, les chiens et moi-même lui fîmes cortège jusqu'à la grille du parc en pleurant et jappant. Selon que nous étions bipèdes ou quadrupèdes, on lui fit des « au revoir » des mains, de la tête, des oreilles ou de la queue.

Il n'eut pas un regard pour sa tribu. Seul à l'arrière de sa berline à douze places, isolé de Marco par la vitre qui séparait encore le chauffeur du maître, il regardait droit devant, c'est-à-dire nulle part.

Le premier jour se passa sans nouvelles. Le deuxième également. Quant au troisième, silence total. Au bout du huitième jour, nous commencions à penser que la Corrèze avait eu raison de lui. On chercha le téléphone du château de son ami : le domaine des Lombes sur la commune de Mirafleur, accessible par la vallée de la Grande Forge. Malgré tous les atlas et même tous les bottins, sans compter le Littré, le Millau et le Michelin, nous ne trouvions pas plus de Lombes que de Mirafleur. Quant à la vallée de la Grande Forge, elle demeurait aussi inconnue que le beurre à la cantine pendant l'Occupation.

Ma mère, fort ennemie du concret et persuadée de l'invincibilité de son mari, n'éprouvait qu'une inquiétude relative. Mes frères vaquaient à de modestes travaux, seuls les chiens se rongeaient.

C'est sur ces entrefaites que je fus saisi d'une forte rage de dents. L'affaire était globale : une grosse molaire poussait les incisives, les canines elles-mêmes n'étaient pas épargnées. Bref, j'avais toute la gueule tordue par une méchante affaire, pour un quart dentaire, et pour le reste fantasme.

Beulans ou Tour-de-Peilzois : nom des habitants de la Tour-de-Peilz, petit village proche de la ville de Vevey, sur les bords du lac Léman, canton de Vaud, Suisse. Le dentiste qui m'accorda un rendez-vous au sein de cette commune me fit patienter dans une antichambre où se trouvaient en pile les dernières revues. M'étant saisi de *Jours de France,* je découvris une double page photos sur le bal d'Ornano qui venait d'avoir lieu dans l'un des grands salons du casino de Deauville. Le cliché était signé de l'un de mes amis, un aristocrate moldovaque, le baron Luque de Fournol. On y voyait avec précision tous les petits santons de la crèche nocturne du Tout-Paris qui chante et qui danse, et, au milieu de la photo, bien cadré, bien dans l'axe, le Nain Jaune en smoking, trois quarts face, dansant enlacé avec la Souveraine.

La Souveraine était ainsi nommée car sa vie était une manière de règne : les hommes qui voulaient d'elle un sourire devaient se plier à ses lois, qui étaient rigoureuses et fréquemment changeantes. Elle avait trente-deux ans, une crinière de lion châtain-noir, une silhouette de reine, des taches de rousseur en veux-tu en voilà, un vieux chic-bon-genre qui fait rêver la nuit et un nez en trompette tout à fait spirituel. C'était ce que l'on nomme une femme baraquée. Ses épaules superbes donnaient à rêver à des câlins mythiques. Sur le cliché, auprès d'elle, le Nain Jaune semblait ne pas toucher terre au sens propre. Démoniaque et séduit, il dansait à belles jambes en s'aidant des deux bras comme pour mieux décoller.

Je restai un moment tout à fait ahuri, tout autant que ravi par cette preuve accablante. Puis je déchirai la page compromettante, et cela malgré les hoquets de deux vieilles Vaudoises à la bouche cariée. Subitement guéri, je partis sans avoir vu le praticien.

Le retour de Corrèze eut lieu dix jours plus tard. Le Nain Jaune, accablé, nous raconta son calvaire. Le domaine des Lombes n'était qu'une pauvre ruine, un perchoir à hiboux que dévoraient des rats qui rongeaient les armures. Dans la chambre qu'il occupait, le toit était percé, et la pluie, la lune et le soleil y entraient sans répit, entretenant une vieille toux qui lui avait torturé la poitrine. Du village de Mirafleur, rasé à la Révocation de l'édit de Nantes, brûlé par les Allemands en 1870 puis en 1944, pilonné par l'aviation américaine en 1945, il ne restait même pas le nom sur une carte.

— Et la vallée de la Grande Forge ?

— Une fiction, un mauvais chemin de mules où paraît quelquefois une sorcière locale qui remue de l'urine de singe avec une queue de serpent !

— Et tes affaires, et tes chaudières ?

— En fumée !

Il se coucha très vite avec des bouillottes, des tisanes, des tricots, des châles, ses chiens, l'affection de ses fils et l'amour de sa femme. Il fallut cent fois lui baisser l'abat-jour, lui caler ses oreillers selon une convenance qui variait sans répit. Il eut un peu de fièvre, beaucoup de téléphones avec le monde entier. Vers le milieu de la nuit, je lui servis moi-même de la terrine de lièvre et un peu de champagne.

En dévorant comme un grand carnassier, et en sifflant le champagne avec assiduité, il me confia tout de go que l'amour véritable est affaire de jeunesse. « Après » est un autre pays qu'on appelle les regrets.

Jamais il ne me parla de la Souveraine.

Jamais je ne lui ai montré la photo de Luque de Fournol qui est sous le buvard sur lequel j'écris. Et je pense parfois avec mille tendresses que la Corrèze a dû garder pour lui, jusqu'à la fin, le charme mystérieux des contrées inconnues.

III

LE PATRON DU NAIN JAUNE

Les amours du Nain Jaune étaient semblables à des tableaux de Renoir : tout était flou, rien n'y manquait. Curieuse approche que la sienne, où l'essence même des êtres ne lui parvenait que par un labyrinthe de futilités et de touches de couleurs enchantées.

Pour ses haines, il en allait tout autrement. Dans un premier temps, il se taisait. Et puis, la pression montait en lui comme dans une chaudière privée de soupape, et l'explosion était toujours au bout.

En 1946, mon père, pour subsister, était devenu quelque temps le secrétaire d'un homme d'affaires basané, résidant à Lausanne. C'était un petit gros, avec un bon modèle de physique à exporter des armes. Il mâchait ses cigares plus qu'il ne les fumait, et ses assises étaient si larges que je le soupçonnais de sûrement posséder dix-huit ou vingt doigts de pieds.

Parfois, le soir, il passait dans le petit appartement que nous occupions dans la banlieue de Lausanne et réclamait le Nain Jaune.

— Qué j'avais chargé votre père de ! Qué j'avais chargé votre père de porter une lettre ! Qué n'est pas revenu à mon office ! Qué sérieux votre papa ou pas sérieux du tout ?

Ma mère, qui cuisinait en relisant Péguy, ignorait le cuistre et ne lui répondait point. Moi, j'essayais de faire face, mais je ne savais pas bien. Quant à mon frère, Simon, perché sur le toit du garage, il mettait au point un téléphone fait de boîtes Nestlé et de ficelle tendue, qui permettait de parler avec un de nos amis, fils de médecin, dont la maison était distante de cent mètres (permettait de parler à condition de hurler aussi fort que s'il n'y avait pas eu de « téléphone-Nestlé »).

J'étais donc seul à faire face à l'horrible affairiste. Ce singulier anthropoïde avait une manie. Il vous donnait la main en arrivant, et puis vous la laissait. C'était toujours pareil. Il tendait son bras court et déposait dans ma paume son andouillette boudinée, qu'il oubliait de retirer. Tout en répondant à ses questions, il me fallait malaxer sa chair inerte qui sentait le vieux cuir et la cigarette égyptienne.

— Qué, qué, qué...

Qué je lui aurais bien dit « Merde ». Mais qué, déjà instruit par l'expérience, et ayant déjà fait l'observation qu'il fallait ménager certains, je savais que ce n'était pas à moi de le faire.

Le temps passa.

Un soir, le Nain Jaune, qui ramait comme un galérien pour retrouver une place au soleil, rentra tard dîner. Il était accompagné du romancier-philosophe Raymond Abellio et de l'économiste Bertrand de Jouvenel. Il était fourbu et joyeux. Je crus comprendre qu'il avait réussi à se porter intermédiaire dans une importante affaire de sucre. Il espérait gagner dix mille francs suisses et pouvoir acquérir une vieille petite voiture.

Nous en étions aux radis, nous devisions gaiement, Abellio, maman et Jouvenel de la mort, papa, Simon et moi d'un projet de déjeuner au restaurant de la piscine, quand survint le bouffi !

Papa n'avait pas pointé à son officine. Il menaçait de suspendre tout salaire. Il ne nous tendit même pas la main, ce qui était plutôt agréable, mais, somme toute, de mauvais augure.

Je n'avais jamais vu, ni même pu imaginer que mon père se fît gronder. De plus, déception horrible, il répondait à peine, évoquant quelques excuses fort peu intelligibles. Sur ces entrefaites, arrivèrent Charles Rochat, ex-secrétaire général du Quai d'Orsay, puis la bonne amie du Basané. C'était une belle poule de luxe, grasse, blanche, vulgaire, couverte de gros bijoux, fardée de crème luisante, la bouche tartinée comme une cerise mûre. Je la trouvais affreuse, mais je la trouvais terrible ! Elle avait un accent que je croyais mexicain, une croupe pharamineuse dont je rêvais la nuit. C'était un vrai fantasme que cette grosse-là.

Elle s'appelait Bénita. Parfois, entre deux rêves, je la voyais paraître. Elle hantait mes nuits de manière douteuse, mais je ne pouvais pas croire qu'elle eût la bassesse folle de se mettre toute nue devant le Basané. Dieu, que j'étais petit !

L'arrivée des nouveaux convives n'avait pas ralenti l'esprit dominateur de l'affairiste. Au contraire. Le renfort de sa grosse poule de luxe lui donnait du courage. Il élevait le ton et il roulait les « R ».

— Qué je ne vous paye pas pour travailler ailleurs.

— J'ai eu un sale concierge, rue Saint-André-des-Arts !

C'était parti d'un coup comme un boulet de canon.

— Qué concierge ? Qué de quoi vous parlez ?

Le silence s'était fait. Le Nain Jaune, redressé tel

un coq de combat, devait être sûr de son « sucre », ou alors il en avait marre.

— Vous me rappelez soudain un immonde concierge que j'ai eu, tout jeune homme, étudiant à Paris.

— Impertinence ?

— Sac à viande !

— Vous avez bu !

— Hélas, non.

— Où étiez-vous cet après-midi ?

— Et vous ? Où étiez-vous avant ? A Tanger dans le tapis, ou bien à Caracas dans le commerce des moules ?

Le Nain Jaune se mit à tourner autour de son tyran patronal. Soudain, il arrêta sa ronde et le renifla.

— Il faut que je vous dise que votre lugubre haleine empeste la carie dentaire et le clou de girofle !

La poule érotomane émit des caquettements. On l'aurait laissée faire, elle eût pondu un œuf. Maman rêvait d'ailleurs, tel le Petit Prince ; derrière ses hublots de grand myope, Abellio méditait sur l'hérésie cathare ; Charles Rochat, façonné par toute une vie consacrée à la diplomatie, paraissait laminé. Seuls, mon frère Simon, Bertrand de Jouvenel et moi-même, nous rigolions franchement.

Le Nain Jaune avait repris sa marche circulaire autour du Basané. Celui-ci avait beau tourner sur lui-même, il ne pouvait pas suivre malgré tous ses doigts de pieds. Je le voyais, écarlate, et je contemplais ses mains, blêmes, mollusques. Une chevalière à camée étranglait l'un des doigts. Puis, dans un tic spasmodique, de l'ongle de l'auriculaire courbe, corné, interminable, il explorait sauvagement son conduit auditif comme pour bien s'assurer de ce qu'on lui disait.

Le Nain Jaune, lancé dans une période oratoire qui prenait son renouvellement sur son souffle interne, s'était transformé en une sorte de Bossuet de l'injure classique :

— Mammifère, plantigrade ! Hauteur : un mètre zéro cinq ! Circonférence : trois mètres ! Nourriture de base, le chou ! Capacité intellectuelle, nulle ! Capitaliste sans capitaux ! Tous les vices et même pas pédéraste ! Age, cinquante-cinq ans : cinquante-cinq ans de connerie ! La chasse d'eau ! la chasse ! Il est temps de la tirer pour évacuer l'ordure !

Le Basané verdit, peut-être parce que le verbe de mon père était accompagné de gestes qui le soulignaient et le prolongeaient de manière évidente.

L'outrance du Nain Jaune, sa férocité enfantine étaient si éclatantes, si vivifiantes, qu'elles m'entraient par les oreilles, par les yeux, par la peau. Je participais jusqu'à l'hystérie à cette farce tambourinante, et à l'outrage infâme infligé à l'ignoble. Je retrouvais papa, tel qu'en lui-même, c'est-à-dire qu'il faisait toujours ce que l'on rêve de faire, et de dire, et que l'on ne fait jamais soi-même, faute de force suffisante à bouleverser l'ordre du monde.

Le Basané tendit ses petites mains pour saisir le Nain Jaune au cou. D'un coup de tête dans la panse, papa l'expédia les quatre fers en l'air sur la hideuse banquette cosy-corner de notre modeste meublé.

La confusion survint. Ah ! que j'aime ce moment ! La grosse poule de luxe voulait défendre son capital qui pédalait des quatre membres pour reprendre équilibre sur le sol.

— Et n'allez pas me dire que vous me balancez, car c'est moi qui m'en vais, marchand de Venise de Prisunic, retournez au néant des langueurs océanes, des ports africains exonérés d'impôts.

Il avait empoigné le culbuto, et le poussait à toute force vers la porte palière.

— Que mes fils ne voient plus votre gueule de blatte, j'aime mieux la famine qu'un pareil servage !

Quand le gros fut éjecté, et que sa poule franchit le seuil, le Nain Jaune lui claqua sa croupe jumenteuse à la volée.

— Adieu, triste putain, sûrement pas anoblie de la maître vérole, car votre porc immonde est à coup sûr coupé comme un chat domestique.

La porte se referma. C'était fini.

Le Nain Jaune, essoufflé, me releva le menton.

— Libre... Libre. Tu comprends ce que cela veut dire, mon vieux Plus, mon vieux Ploum ?

Bien sûr, je comprenais déjà la liberté et ses périls. Point de chaîne, point de maître, avec aussi le risque de ne pas avoir toujours ni le pain, ni le toit, ni le feu. Ses mains tremblaient un peu. Il venait d'avoir quarante-deux ans. A la Libération, sa vie et sa carrière avaient été cassées en deux. La plupart de ses semblables, incapables de reconversion et encore moins de métamorphose, achevaient de couler lentement. Lui, il se battait. Il venait même de servir plusieurs mois de coursier à l'homme d'affaires basané. Je voyais bien qu'officieusement interdit de séjour, dans ce Paris où il croyait, comme les héros de Balzac, que c'était le seul lieu où cela se passât, et qu'ailleurs était un désert, je voyais bien qu'il rongeait son frein et cachait son chagrin.

Nos amis riaient de l'éclat qui venait de se produire. Et puis on parla plus gravement : avait-il eu raison avec femme et deux fils de quitter un patron qui lui assurait mille cinq cents francs suisses par mois ? Il ne répondait pas. Il gobait ses radis et buvait du vin blanc, en me souriant dans l'ombre.

— La Mort du Loup, mon vieux Plus ?

Je le connaissais par cœur, l'immense poème stoïque d'Alfred de Vigny. Il souriait à ma mère, il tendait un gros radis à Simon qui le croquait, et puis il oubliait qu'il avait eu ce geste, et me fourrait la queue du radis dans la bouche. Je l'avalais religieusement comme une hostie à la messe, avec trois ou quatre feuilles qui me grattaient le gosier, en prenant soin de ne pas m'étouffer.

C'est fou ce que j'aimais mon père, ses désarrois et ses luttes, dont il parlait à peine, et que je lisais à livre ouvert sur les rides encore fugitives de son front.

— Mon vieux Plus, souviens-toi : toujours défendre ses couleurs, surtout devant les revers du sort... Pas de chaîne, pas de collier, ne compter que sur soi, et puiser toute sa force seulement dans son courage.

Il attaquait Vigny. Je reprenais avec lui :

A ne jamais entrer dans le pacte des villes
Que l'homme a fait avec les animaux serviles
Qui chassent devant lui, pour avoir le coucher,
Les premiers possesseurs du bois et du rocher.

La soirée, commencée dans la folie burlesque, s'achevait lentement en tendresse et projets.

— Après-demain, les gars, je vous emmène tous les deux au restaurant de la piscine.

La piscine Montchoisy, dans le centre de Lausanne, constituait pour moi le sommet du luxe et de l'amusement. Mais les revers de fortune de mon père n'étaient pas terminés, le « sucre » tarda, et Simon et moi, nous attendîmes un an, soit l'été suivant, pour obtenir ce repas de gala.

IV

QUI ÉCRIT QUOI ET À QUI ?

Des mémoires authentiques de mon père, et que plusieurs éditeurs espéraient, je n'ai retrouvé en tout et pour tout dans un vieux sous-main de peau de chèvre, ou de peau de chagrin, tanné par l'usage, que les admirables lignes suivantes qui ne sont pas de lui :

Les bagatelles échappent presque toujours aux mémoires. Elles donnent cependant plus que tout l'idée juste de tout ce que l'on y cherche, qui est le caractère de ce qui a été, et qui se présente ainsi par les faits.

Cette désinvolture rigoureuse sur le superflu du nécessaire, le Nain Jaune l'avait placée en exergue d'un livre qui est resté page blanche. Mais, de sa belle écriture humaniste, il signa ce texte du nom de son auteur : Saint-Simon.

Sans doute avait-il souvent espéré écrire. Mais le conteur fantastique qu'il était dilapidait les richesses qui auraient pu être celles de l'écrivain. Et puis il ne se croyait pas capable : « J'aime trop les secrets, et aussi je n'ai pas la folie qui convient », se plaisait-il à me répéter. Et puis il ajoutait :

— Quant à toi, l'affaire me paraît impraticable, ne serait-ce qu'à cause de l'orthographe !

L'orthographe, ma pire ennemie. Ayant appris à lire à quinze ans, rapport à un gauchisme visuel contrarié ayant engendré des bégaiements, force complexes et divers pipis au lit tardifs, cette Maudite Orthographe est restée pour moi, pendant un quart de siècle, une montagne de sables mouvants, une serpillière gigantesque, trempée d'huile rance, que je ne savais par quel bout prendre, pour la tordre, la mettre en forme, la faire sécher.

A vingt-cinq ans, jeune scénariste, j'écrivais une langue phonétique qui m'interdisait toute correspondance officielle, et même le remplissage de la plus modeste demande d'emploi. Lorsque je correspondais avec mon père qui habitait Vevey, en Suisse, dans le canton de Vaud, l'adresse que je libellais en tirant la langue, en transpirant, avec tout en travers du front la grosse veine bleue du coureur de fond, cette adresse variait à l'infini.

Les caractères de l'alphabet ne trouvaient pas sous mes yeux et ma plume une place plutôt qu'une autre.

A la réception de mes missives, le Nain Jaune voyait rouge et me répondait par retour :

Mon pauvre débile chéri, canton de Vaud s'écrit V-A-U-D, et non V-E-A-U, comme le fils de la vache. Ni V-A-U-X, comme celui du vicomte. Ni W O, comme WC. Avec le C en moins, le C de ta connerie orthographique, qui jure horriblement avec le reste de ta nature si fraîche, si luxuriante. Ton père.

Mes débuts dans les lettres privées et publiques furent donc, pour des raisons d'inculture, alliées à mon capharnaüm intérieur, ahurissants, désespérants, enragés, sans issue, et sans débouchés.

Cependant, mon ignorance universelle ne me fit jamais baisser les bras. J'écrivais, comme un aveugle peint, mais j'écrivais tout de même. Personne ne pouvait me lire, ni me relire, même pas moi. Qu'importe, je me consolais en pensant que Beethoven était sourd. Et je raturais mon papier comme on bêche une terre qui n'aurait que des cailloux. Ce travail d'arriéré mental, de nageur noyé, mais qui flotte tout de même comme par vieille habitude, était soutenu chez moi par des qualités sans rapport les unes avec les autres.

Tout d'abord, le fait de ne savoir ni lire, ni écrire, ni compter à quinze ans avait surdéveloppé ma mémoire auditive. On me lisait quarante vers de Racine, je les savais par cœur. Et puis mes parents et leurs amis parlaient, lisaient, et me répétaient les langages de Musset, de Chateaubriand et de Giraudoux. Toute cette tradition, cette sublime confiture me coulait dans la tête, me la faisant chanter.

De sorte que je me suis retrouvé vers ma vingtième année sachant écrire plutôt comme Cro-Magnon que comme un normalien, mais ne faisant ni faute d'usage ni faute de français.

L'affaire était donc paradoxale.

Pour la replacer dans le temps, et tenter de l'illustrer, voici une lettre gratinée que j'écrivis à mon père en la tapant directement à la machine en août 1949. J'avais quinze ans. Il y répondit le 3 septembre 1949. Il avait quarante-cinq ans.

Lettre du pauvre fils :

Pap.

Ge menuille detoit a Pariss. Gai écouté un concerto de Bêtove. J'été comme hivre. Alors ge suis montai sur mon veloy et gai dévalé comme un fous. Ensuite jetais abatu parle pois dela tristèce De mon queure. Esquuse mois de técrire a la machin, mé gai perdu mon styl-oh ! Tu est la seul person aqui ge puis me con fier, car gus caprésent, écrire été par mois un suplise. Gai taime. Orvoir et a samedi. Pascal.

Réponse du merveilleux père :

Mon tendre Foutrac.

Ta lettre bien singulière m'a donné le plaisir d'avoir de tes nouvelles. Je constate avec appréhension que tu te bats toujours avec l'alphabet comme d'Artagnan avec les gardes du cardinal de Richelieu ! Quel chantier que tes mots, tes phrases et tes chagrins ! Je rêve pour toi d'harmonie intérieure, mais rien en toi me semble vouloir y contribuer. Beethoven te pousse vers le vélo, dont tu uses à outrance, ensuite c'est l'épuisement romantique du poids de la tristesse. Je veux que tu saches, que je sais, que les malheurs sans causes de nos quinze ans sont les plus importants. Ils nous ouvrent les portes du Monde et de nous-même. Plus tard, quand tu seras grand, sinon vieux, et que l'amertume te prendra pour une femme ou un ami infidèle, souviens-toi, oui, souviens-toi du temps béni où tu versais des larmes comme la rosée du matin. La jeunesse est un luxe, use, abuse d'elle. Plus tu la fatigueras, plus elle sera immense...

Vingt ans après, j'écrivais toujours à mon père, et lui me répondait toujours. Nous n'avions depuis l'origine qu'un seul sujet : je veux dire la vie, la mort, l'amour, la femme, la guerre, et puis le rire aussi. En dehors de ce propos global, pas la moindre carte, pas le plus petit mot de billet de l'un demandant à l'autre des nouvelles, du temps, du chien ou de Tata. C'est le téléphone quand nous étions à distance, et la querelle lorsque nous étions face à face, qui nous servirent, notre vie commune durant, à prendre notre température, à laver notre linge et à résoudre les problèmes de vidange et de pneus de voitures.

L'écriture restait entre lui et moi un domaine privilégié où nous faisions semblant d'être très intelligents. Le plus curieux, c'est que souvent cela marchait. Parfois, j'étais même atteint de génialisme, cette maladie formidable à laquelle André Malraux devait tant. Dans ces cas extrêmes, je m'envolais vers des sommets de la pensée tragique, qui faisaient dire au Nain Jaune : « Tu es tout de même mieux que ce que tu as l'air d'être. » Nous nous prenions souvent au tragique, jamais au sérieux. J'en veux pour meilleure preuve l'histoire de cette « pensée » dont lui et moi avions cherché en tous sens de qui elle pouvait être.

— Moi, je te dis que c'est de Goethe !

— Chateaubriand, *Mémoires d'outre-tombe* ?

— Mais enfin, mon vieux Plus, c'est écrit de ta main, tu devrais te souvenir où donc tu l'as recopiée !

— Papa... Je crois que je ne l'ai pas recopiée.

— Tu veux dire que ce serait de toi ?

— Eventuellement.

— Ça perdrait de sa valeur... relisons voir un peu.

Le Nain Jaune mettait ses lunettes et lisait à mi-voix :

« J'ai toujours su les cas où j'étais appelé d'en haut, et puis ceux plus guerriers où l'on force le passage... »

Il tendait vers moi une dextre accusatrice et légèrement courbée.

— Je vois plutôt ça du côté de Gaulle, ou bien Maurras ?

— Non... Je t'assure, je crois que c'est de moi...

— Mais pourquoi tu as écrit ça ?

— Je sais pas... papa !

Il retournait la feuille, comme pour voir si le verso, qui était vierge, n'allait pas lui fournir une explication sur le contenu du recto, et puis il poursuivait :

« ... pour le pire et le meilleur, l'homme reste immuable... plus nous sommes en nombre, et plus nous nous exterminons, plus les survivants des guerres et des famines font figure d'épure... »

— De quoi s'agit-il ?

— De moi...

Le Nain Jaune ne pouvait se résoudre, oui, c'est cela, il ne pouvait se résoudre à ce que je pense dans le désordre, car pour lui la pensée supposait une éthique, et comme il voyait bien que je n'en avais pas... Il finit par replier mon papier manuscrit, le glissa dans sa poche, alluma un cigare et me fixa. Son sentiment était celui de l'aigle considérant un rat mulot.

— Pascal, dis-moi, ce que je viens de lire, c'est une pensée de Pascal ?

— Non... c'est une pensée de moi.

— De toi ?

— De moi.

— Et... cela t'arrive souvent ?

— Oui... j'en ai plusieurs kilos... Mais j'écris gros...

Le Nain Jaune faisait avec sa bouche des ronds de fumée parfaits et puis il ajoutait très bas, pour lui-même :

— Dérisoire... Sublime, absurde... Inutile, magnifique...

Et puis, haussant le ton, il me posait la vraie question :

— Mais alors, mon chéri, qui écrit quoi et à qui ?

Je ne l'ai jamais su. En quoi est-on l'auteur de ce que l'on écrit ? Pour ma part, des monceaux de notes, témoignages de mes préoccupations sur ce qui se passe dans le monde, remplissent chemises et dossiers. Sont-elles la preuve d'une pensée qui s'ordonne ? Sûrement pas. Je ne suis qu'une éponge gonflée ou séchée par le flux et le reflux des marées qui l'occupent. Les vrais auteurs de ce que j'écris sont d'abord ceux que j'aime. Le premier fut mon père, Jean Jardin, le Nain Jaune.

V

LE NAIN JAUNE ALPINISTE

Grooms, voituriers, femmes de chambre, hommes de chambre, liftiers, concierges, sous-directeurs, lingères, coiffeuses, manucures, barmen, cuistots, jardiniers sautent tous comme des puces sur les couvercles des malles anglaises de cuir fauve offertes à Mademoiselle Chanel par le duc de Westminster. Comme à l'accoutumée, cette multitude de bagages admirables ne veulent pas fermer. Et le Beau-Rivage Palace est en ébullition.

Pendant que la valetaille s'échine et se démène, Coco est enfermée dans la salle de bains de ses appartements avec le Nain Jaune et moi-même.

— Je n'irai pas ! rugit mon père.

— Vous irez ! tonne la Grande Mademoiselle.

— Coco, vous êtes une emmerdeuse !

— Jeannot, vous êtes une merde !

— Et vous, ma pauvre fille, vous êtes responsable de toutes les poitrines plates !

— Je n'aime pas les seins.

— Moi, si !

— Obsédé sexuel !

— Vieux poulet déplumé. Mettez une pince à linge à la peau de votre cou qui trempe dans le bidet !

En effet. Et, si la peau du cou ne trempait pas vraiment, c'est que les pieds de Coco s'y trouvaient lavés à tour de rôle, plusieurs fois de suite, et au travers de ses bas de soie. Cette pratique, insolite chez la plus grande couturière du monde, de se laver les extrémités sans les mettre toutes nues, et de les sécher ensuite en sautant sur la moquette, traduisait généralement chez elle une forte anxiété ou une rage intestine.

Afin de la déloger du bidet, le Nain Jaune ouvrit en grand le robinet d'eau chaude.

— Assez avec ces lavages ! C'est une maladie mentale. Ça s'appelle de l'aquaphilie. Vous allez user votre peau jusqu'au tégument. Vous avez là un affreux complexe.

— Je n'ai que des complexes de supériorité.

Coco allait argumenter qu'elle vivait dans un univers peuplé de sous-produits qu'elle tenait à sa main comme des caniches dressés, que ceux qui étaient sans grade étaient des imbéciles et que, pour gagner de l'argent, il n'y avait qu'à se baisser...

Elle n'eut pas le temps de procéder une fois de plus à cette vieille diatribe, ni moi de lui passer la serviette qu'elle me réclamait du geste. Voici pourquoi.

Quand le Nain Jaune avait ouvert l'eau chaude en grand, il ne s'était rien produit car le somptueux sanitaire du Beau-Rivage Palace datait du Saint Empire romain germanique. C'est donc après un temps de décalage, et quelques forts grognements de tuyauterie, que le bidet se remplit d'un coup d'eau en ébullition. En une seconde, le peton droit de Coco cuisit parmi les bulles comme un œuf à la coque ! Elle rugit affreusement et, tenant à deux mains son pied accidenté, elle se mit à danser sur l'autre en tournant sur elle-même et injuriant papa au rythme de sa douloureuse samba.

— Sadique, mauvais con !

— Donnez-moi votre pied.

— Ni le pied ni la main. Oh ! la la ! Oh ! la la !

Elle tournoyait autant de douleur que pour échapper aux soins que voulait illico lui prodiguer le Nain Jaune.

Pendant le même temps, une femme de chambre était entrée.

— Les malles ne veulent pas fermer !

Mais papa l'empoignait.

— Courez-moi aux cuisines ou à la pharmacie, rapportez-moi du beurre, du tulle gras-lumière, de la graisse de baleine ou bien de mamelle de vache !

Tout en passant sa commande, il avait renversé

Coco sur un canapé d'osier ripoliné en blanc, et lui arrachait son bas droit de vive force.

La femme de chambre, éberluée, regardait la corrida. Le pied de Coco apparut, ravissant, tout blanc, petit, parfait,

— Mais vous n'êtes pas brûlée ! hurla papa, fou de rage.

— Vous avez voulu me faire cuire, horrible gestapiste !

— Tout doux, la vieille Indienne, ou je vous fais ramener au fond de votre réserve.

Scandalisée, la femme de chambre préféra tourner les talons et évacuer les lieux.

De quoi s'agissait-il ? D'un différend profond entre deux vieux amis, tous deux affublés par la nature de caractères démoniaques.

Les faits :

Coco partait pour Zermatt, avec la ferme intention d'entraîner le Nain Jaune grimper la face nord du Cervin.

Rappelons ici pour les enfants que Coco, c'était la Grande Mademoiselle, c'était Chanel. Rappelons également que Zermatt est une station de haute montagne, Suisse. Le Cervin, qui la domine, est une pyramide rocheuse triangulaire aux arêtes vives dont le sommet atteint 4 478 mètres et qui a fait dévisser quelques premiers de cordée. C'était en 1949. Coco n'était plus un premier prix de beauté. Le temps avait déjà gravé sur sa tête féline les rides du dernier des Mohicans. Cependant, un jeune ancien guerrier, un ex-dieu du stade, lui prodiguait encore ses ardeurs et voulait l'entraîner dans la varappe alpestre. Le Nain Jaune gérait alors pour Coco des intérêts de parfums helvétiques.

Quoique exilé en Suisse, papa ne connaissait de la montagne ni la neige, ni les sapins, ni la glace, ni les pistes, ni même la luge. S'il avait jamais vu un alpiniste, c'était aux Actualités Pathé-Nathan du cinématographe. Il n'avait jamais chaussé ses pieds que chez le bottier du roi Alphonse XIII, du tricot jacquard il ignorait le nom. Il croyait les longues cordes faites pour le cow-boy. Quant au fameux piolet, outil de base du grimpeur, il en possédait un, inapte aux Grandes Jorasses et à tous les glaciers, puisqu'il provenait de chez Dunhill, mesurait trois centimètres et demi de longueur, avec, pour seul usage, le curage des pipes.

Il est sans doute inutile de préciser au lecteur tout le battage, le foin et le raffut du diable que fit le malheureux pour échapper au péril qui le menaçait. Mais Coco exigea sa présence dans cette aventure. Elle pensait que l'altitude lui rincerait les poumons de toute la nicotine qu'il absorbait au rythme régulier de cinq paquets de Gitanes par jour.

Elle n'avait, somme toute, pas plus de caractère

que lui, mais elle était femme et détenait ce que l'on nomme communément le capital. Le Nain Jaune, n'ayant que de la famille à charge et point de capital, capitula.

L'équipement de base eut lieu dans un magasin situé rue de Bourg à Lausanne : « Ausonni-sports. » Coco, l'ex-dieu du stade et le Nain Jaune firent l'acquisition de nicker-boker, de chaussettes double laine, de bonnets de trappeur, de gants des meilleures peaux doublées de fin mouton. Quand il lui fallut chausser les crampons à glace, le Nain Jaune vit rouge. Il arpentait le magasin, levant les pieds comme un échassier, lacérant la moquette, malgré les supplications des vendeuses.

— Je ne grimperai jamais sur ce caillou obscène, répétait-il.

Il faut dire à sa décharge qu'il avait deux haines farouches, et cela depuis l'enfance : les spéléologues et les alpinistes. Il espérait toujours que les premiers périraient noyés dans un siphon ou bouffés par les chauves-souris, et que les seconds se feraient déchiqueter le train par des aigles ou bien par des condors.

Et voilà, quarante-huit heures plus tard, le malheureux mis à pied d'œuvre, tel Whymper, alpiniste anglais, qui eut l'idée absurde de faire la première ascension en 1865.

Si la nature a horreur du vide, le Nain Jaune était un vrai fils de la nature. C'est dans l'ultime refuge que je vis papa craquer. D'abord, il eut une crise de nerfs, suivie d'une crise d'asthme. Sa main gauche se paralysa. Etendu sur des couvertures, il racontait comment l'infarctus montait en lui :

— J'ai un poids de cent tonnes qui m'écrase la poitrine... Et puis j'ai la jambe droite qui est pleine de fourmis... Ça y est, elle est glacée.

— Voulez-vous un médecin ? demanda le guide, coopératif.

— Non, un notaire pour le testament, et un prêtre pour mon âme.

Et puis, il sembla se désarticuler sur son grabat, son regard si vif vira bovin. Il cessa de respirer, il cessa d'exister.

Personne n'était vraiment inquiet pour lui, mais tout le monde sentait l'impasse.

— Allons, mon J.J., disait Coco, le Cervin, ce n'est pas la mer à boire et vous en avez vu d'autres !

— Je préférerais la mer, je préférerais la boire. Ahooh ! Aïe !... Haho... Ohh, gémissait l'agonisant.

L'ex-dieu du stade faisait la tête. Il trouvait à juste titre que la haute montagne avec mon papa n'était pas du gâteau.

Le guide offrit au Nain Jaune une sorte de gnôle locale faite d'alcool de bois ou alors de granit, saupoudré de poudre à fusil.

Papa but toute la gourde, mais ne bougea pas d'un poil. Coco lui mit alors derrière l'oreille un peu de N° 5 et, soudain, il se propulsa sur son séant.

— Je vous propose un troc !

— De quoi, de quoi ?

— On lâche le rocher et on attaque le ski.

— Quel ski ?

— Le beau, le seul, le vrai, deux grandes planches d' Hickory, sac au dos et peaux de phoque. On part tout de suite pour Gstaad, c'est une station exquise, tout à fait encaissée. Il fait nuit à trois heures, et personne au monde n'y a jamais attrapé un seul coup de soleil. On investit le Palace, vieux blockhaus sympathique, au bar pourvu d'une machine à sous provenant de Mexico, et demain, à huit heures, on attaque « fond la caisse » le fameux Windspillen. Ollé ?

La situation venait de basculer et le râle de toréro du Nain Jaune eut raison de Coco.

(Je crois qu'elle avait aimé et connu un plaisir saignant et brutal avec un Castillan austère, sous la mitraille pré-nazie de la Légion Condor, pendant la guerre d'Espagne.)

Aussitôt dit, aussitôt fait. On reprit le sentier qui frôlait les abysses, on reprit les mulets, le téléphérique, le funiculaire, le train à crémaillère, l'automobile aux pneus chargés de chaînes, comme les anciens forçats, et, de sommets en vallées, de verglas en auberges, on mit vingt heures pour parcourir Zermatt-Gstaad, sur des routes en tire-bouchon, plus faites pour des vachers enragés que pour une vieille Talbot.

Dès que l'on entra dans Gstaad, que le Nain Jaune connaissait — donc qu'il aimait —, je compris qu'il avait gagné la partie.

Le Palace dont il avait vanté les mérites fut jugé dans l'heure infect, nouveau riche, mauvais genre et, pour tout dire :

— Ah pouh !

Il fit déménager tout son monde à l'hôtel Alpina, qui nous parut à tous beaucoup moins bien, mais où il avait ses habitudes.

Coco, pour une fois, paraissait dépassée. Papa, qui n'y connaissait rien, lui offrit des chaussures bien molles et des skis de deux mètres dix, d'un poids extravagant, qu'elle ne pouvait porter, et qui furent chargés sur le dos du dieu du stade.

Le Nain Jaune ne lésina sur aucun accessoire, bâtons en bambou avec rondelles en fer, fixations « longues lanières » (une heure à mettre en place, impossibles à retirer, pied rivé sur la planche et fracture garantie !).

Le marchand d'articles de sport, qui parlait surtout suisse-allemand, émit bien quelques doutes sur les choix du Nain Jaune, mais ses réticences nous parvenaient traduites par l'ex-dieu, et papa les balayait toutes du geste et de la parole.

Pour lui-même, il troqua ses crampons à glace

contre une paire de snow-boots d'avant-guerre.

— Magnifique pour aller à Londres !

— Mais les pistes !

— Ah oui, les pistes...

Sans gaieté de cœur, il finit par trouver pour lui et pour moi une robuste luge où était gravé au fer rouge : « Gross Mouty. »

La soirée fut calme. On but force fendant, vin blanc suisse délectable, qui en très forte dose fait voir des chauves-souris.

Si le Nain Jaune avait parlé de la piste du Windspillen et non point, par exemple, de la Noire du mont Egli, c'est qu'il avait ses raisons. En effet, une fois parvenu au « sommet », même face à la vallée, skis serrés, en poussant des bâtons à très forte cadence, il n'était guère possible de prendre de la vitesse. La pente était nulle à la descente et curieusement raide à la montée.

En ces temps d'après-guerre, le tire-fesses, les œufs et le télésiège étaient inconnus. On en était encore à la préhistoire de la remontée mécanique. Les rares pistes balisées de Gstaad avaient opté pour un système ahurissant. Je vais ici tenter de le décrire avec précision.

En haut de la montagne, fixée à un pylône, une roue énorme, autour de laquelle passait un câble. A chaque extrémité du câble, deux grosses péniches où pouvaient s'entasser cinquante personnes et leurs bardas. Ces péniches étaient toutes deux montées sur quatre skis énormes et pilotées par un montagnard qui, à l'aide d'un volant actionnant une sorte de gouvernail des neiges, tentait de guider les véhicules dans les traces où ils glissaient plus ou moins. Le moment le plus délicat du voyage de ces engins, fonctionnant par contrepoids et à l'aide d'un moteur dans la grosse roue, était le croisement de la péniche montante avec la descendante. Parfois, il y avait collision. L'ascension durait neuf minutes dans des grincements affreux et les craquements des péniches. Les câbles montant et descendant raclaient et sautaient, comme de dangereux serpents, à même la neige. A droite et à gauche, des piquets reliés par des cordes interdisaient aux skieurs de couper la piste de ce funiculaire de pionniers.

Coco, l'ex-dieu et moi, prîmes place dans l'habitacle de mort sans sourciller. Quand vint le tour du Nain Jaune, le préposé lui interdit d'embarquer avec sa luge.

Au lieu de protester comme à l'accoutumée lorsqu'on le contrariait, il battit en arrière, traînant son bien derrière lui. Il était fou de joie. Il nous faisait adieu de la main en se retournant sans cesse, et Coco me confia :

— Je crois qu'il se fout de nous.

Le séjour sportif dura trois jours. Le Nain Jaune, les mains dans le dos, traînait sa luge dans toutes les rues de Gstaad. Il avait arrimé dessus une boîte de cigares où il puisait de temps à autre. Jamais il ne prit la péniche, jamais il ne chaussa les skis. Coco, qui avait voulu affronter le Cervin, se retrouva avec ses skis de plomb sur une montagne à vaches. La colère que j'attendais d'elle ne vint pas. En fin de compte, elle supporta de mon père dix fois plus qu'elle n'en accepta, durant toute sa vie, du comte Balsan, du duc de Westminster et de Pierre Wertheimer, qui resta toujours le véritable gestionnaire du parfum qui était à l'époque le plus célèbre du monde : N° 5 de Chanel.

VI

LE COFFRE DU NAIN JAUNE

Il allait y avoir deux ans que mon père était mort quand Maître Tarabouchard, notaire vaudois, coexécuteur testamentaire avec mon jeune frère Gabriel, alias « La Ponceuse », me convoqua sur les rives du Léman.

En effet, la date de l'ouverture du coffre contenant des documents secrets sur la Seconde Guerre mondiale, sa suite, et les débuts épars de la Troisième, arrivait à échéance.

Mon père n'a pas laissé d'argent, hormis quelque assurance-vie et pension des Chemins de Fer, qui assurent à ma mère de quoi vivre dans sa maison.

La clause particulière faisant de moi le seul héritier du contenu de ce coffre, ce long délai pour son ouverture, tout donnait à penser que de la dynamite politique allait tomber entre mes mains !

Même en Suisse, il n'est point de testament dont le contenu demeure vraiment secret. Des hommes haut-puissants de la politique et des multinationales avaient eu vent de cette affaire. Certains grands barons du gaullisme tardif verdissaient par avance de voir remonter au grand jour des documents vichystes prouvant leur appartenance maudite à la très défunte Collaboration.

L'opposition elle-même, ayant dans ses rangs plus d'un chef compromis, m'avait fait prévenir par personne prodigieusement interposée de l'intérêt évident qu'il y avait pour moi à brûler le passé.

Il n'est point d'attitude plus agressivement ambiguë que celle d'un homme qui se croit compromis et menacé par des documents dont il ignore tout, et dont il redoute le pire.

C'est ainsi que j'étais officieusement accusé de vouloir produire des faux sur des affaires qui m'étaient radicalement inconnues.

Investi d'une puissance considérable, mais ignorant laquelle, conscient de mes responsabilités morales et des risques qui, peut-être, me guettaient, prêt à faire chuter certains gouvernements ou à tenir désormais la dragée haute à quelques trusts, je me rendis donc, au jour du second anniversaire de la mort de Jean Jardin, dans le sous-sol d'une banque qui borde le lac Léman (côté Suisse, bien entendu). J'étais suivi à distance par deux policiers helvétiques, en civil, qui assuraient, à ma requête, ma sécurité. Accompagné de La Ponceuse et de Me Tarabouchard, je gagnai par un escalier blindé les caves fortifiées où dort tout l'argent du monde, celui des nazis, des Américains, des Russes, des Chinois, des Juifs, des communistes, du Vatican, de tous les capitalistes, celui du F.L.N. et celui de l'O.L.P., celui des hold-up, bref l'argent de tout le monde, enfin de tous ceux qui en ont.

Nous longions maintenant un couloir métallique gris acier, éclairci par des rampes lumineuses qui ne donnaient pas bonne mine. Qu'allais-je donc trouver ? Un plan de voiture à vapeur boycotté par les pétroliers, le schéma de la bombe à retardement avec laquelle Stauffenberg tenta de tuer Hitler, un livret d'épargne-logement laissé par Ben Bella lors des accords d'Evian, un testament de Pierre Laval, des lettres d'amour du maréchal Pétain, les états des fonds spéciaux distribués par le gouvernement de Vichy, la preuve abominable que certains réseaux résistants communistes auraient été vendus aux Allemands depuis Londres par des éléments gaullistes, avant le Débarquement, un manuscrit pornographique de mon parrain, l'écrivain catholique Daniel-Rops, la montre de gousset du maréchal Goering, le briquet du général de Gaulle récupéré dans une table de chevet de l'hôtel Lapérouse, à Paris, la preuve irréfutable que Jean Gabin aurait été pendant trente ans l'amant de Pierre Fresnay ? Ou bien, alors, pire. J'étais le fils de Rommel, ou celui de Jean Cocteau, ou bien de

Paul Morand, ou alors de Giraudoux ? Ou encore davantage, même pas le fils de ma mère ! Acheté à l'Assistance, le 14 mai 1934 ! Ou alors, je n'ai pas mon âge. Je suis très vieux. Je ne suis pas moi. Je me regarde en réflexion dans la porte polie à la perfection de la salle des coffres que l'on déverrouille. Je suis jaune, je suis vert. J'ai peur.

La Ponceuse tousse poliment en mettant le dos de sa main devant sa bouche. Je dois ici au lecteur éventuel une explication : si j'appelle souvent mon cadet « La Ponceuse », c'est simplement parce que, lorsqu'il vient m'aider à travailler le bois, chez moi, à la campagne, il répugne à l'emploi des outils lourds ou tranchants et ne s'adonne qu'au ponçage électrique.

Le geôlier du tas d'or fait pivoter la porte. Elle a beau peser le poids de la tour Eiffel, elle n'émet pas un grincement. Ensuite, il fait un signe d'intelligence à une caméra de télévision reliée au central de la banque. Quand je dis « signe d'intelligence », c'est pour employer la formule en usage car, de sous la casquette du rustique, il n'émane pas grand-chose.

Me Tarabouchard m'invite du geste à suivre le geôlier et à le précéder.

Nous voici dans la salle. Des casiers, des casiers, tous affreusement pareils. Je gèle. J'éternue et j'ai le sentiment d'avoir les boyaux tous en nœuds papillons.

— Vous avez froid ? s'enquiert Tarabouchard, avec un accent qui évoque la raclette.

— Ça caille !

La Ponceuse lui traduit en lausannois cette vieille formule française.

— C'est tout drôle, surenchérit le notable, la salle des coffres est climatisée à chaleur constante à cause des œuvres d'art.

Pendant ce temps, un geôlier-chef est entré. Il ouvre avec une clef le casier de papa. La Ponceuse, en tant qu'exécuteur testamentaire en chef, ouvre également le casier avec une autre clef. Selon un règlement hypocrite, le geôlier-chef fait semblant d'être discret et va rejoindre son collègue sur le pas de la porte.

Et voilà le casier qui s'ouvre. Derrière sa petite porte personnelle, un tiroir de vastes proportions, monté sur roulements à billes. Entièrement ouvert, l'objet sort du mur de presque un mètre. Ou je n'y connais rien, ou je suis enfin en présence de l'Appendice du Nain Jaune de la salle des coffres. Tarabouchard, La Ponceuse et moi-même, nous penchons vers l'intérieur. La place vide laissée par l'absence d'objets ou de documents est tout de suite visible, environ quatre-vingt-dix pour cent. Averti par un sentiment avant-coureur, le notable propose :

— Voulez-vous que je vous attende dehors ?

La Ponceuse fait signe que « oui ». Il dégage.

Je plonge la main dans cette urne de l'Histoire, saisis une enveloppe où est inscrit, de la main de mon père, mon prénom. Je l'ouvre, en sors un document de très petite taille, le porte en pleine lumière. C'est une sorte de carte d'identité, constellée de tampons. Elle porte une date, 1943.

Ce n'était pas la carte de pain d'Hitler, ni celle d'Yvonne Printemps, ni la carte de membre d'un fameux S.S. français de la L.V.F., ni le permis de conduire de Von Choltitz qui commandait le Gross Paris, ni un plan miniature des fortifications du mont Canisy qui domine Deauville, ni le permis poids lourd de ma grand-mère : c'est l'acte d'état civil de Minnie !

Mère : Daphnée de la Minardière. Père : Arnold, baron des Invalides. Ascendance : grands-parents côté mâle, Yveton de Cazals, Sylvie du Bois de Seuillette, côté femelle, Mandrin de Brignolle, Gertrude de la Vallée d'Auge.

Mon frère et moi nous regardons. Il s'agit bien du pedigree de la chienne Fox à poil lisse, Minnie, que mon père aima de passion, et à qui il mordait, par jalousie, l'intérieur des joues quand elle était en chasse et courait le guilledou.

Me Tarabouchard s'approche quelque peu et demande, l'œil chafouin :

— Intéressant ?

— Magnifique !

C'est moi qui ai répondu, d'abord parce que je le pense, ensuite La Ponceuse a bouffé ses cordes vocales et amorce une digestion filandreuse. Il avait espéré plus que tout que nous allions trouver le manuscrit de ces *Mémoires* que mon père avait annoncé par lettre à Henri Flammarion, peu avant sa mort, et qui ne lui est jamais parvenu.

Au lieu de cela, dans ce coffre qui avait été vidé de tout son contenu primitif sur les tractations politiques ou commerciales d'Etat à Etat, le Nain Jaune n'avait laissé à mon intention qu'un programme des *Trois Valses* de Jean Anouilh, avec photos des protagonistes, Pierre Fresnay, Yvonne Printemps, et différentes publicités du magasin de ses parents à Bernay : « Jardin-Nouveautés », corsets en tous genres, lingeries, bas de soie, remaillage-minute. Il avait toujours eu une frayeur enfantine de ses origines dont il était alternativement fier et honteux. Fier quand il en parlait selon ses rêves, furieux quand je les évoquais dans mes écrits publics.

Et puis, je trouvai aussi des lettres d'amour de ma mère qu'elle lui avait adressées lorsqu'elle était jeune fille. Rien d'autre, d'aucune autre femme. Les avait-il détruites ou bien les avait-il retirées de sa boîte à trésors ? Il n'a pas voulu me laisser d'autre image de couple que le sien. Deux ou trois photos de lui et moi, datant de la guerre, c'est-à-dire mon enfance, et sa jeunesse, trois lettres de ma fille Nathalie, le stylo en argent massif de Raoul Dautry, un petit cahier où il avait recopié in extenso *Monsieur Teste* de Valéry, la vieille édition Flammarion des *Mémoires d'outre-tombe* en plusieurs volumes, et incomplète, avec, cochés en marge, les passages qu'il m'avait lus et relus. Enfin un minuscule ours blanc rendu très gris par l'âge et qu'il m'avait offert, usagé, pour mon anniversaire de 1943, année noire, sans jouets, sans feu, sans joie, sans espérance.

Ainsi donc, lui qui avait trempé dans les plus grandes affaires occultes de son temps, n'avait conservé là, dans cette cache hors de prix, que nos jouets d'enfant, nos talismans communs.

La Ponceuse et moi-même avons évacué le tout dans un vieux cartable Hermès de papa, et dans un sac de plage que nous avions apporté, au cas où !

Je n'ai pas osé dire à Me Tarabouchard la nature de mon héritage et, quand je l'ai quitté, mon sac à la main, sans lui fournir la moindre explication, écrasé par un fou rire tendre et rentré, il ne pouvait imaginer que mon bien était en vieille peluche, en pedigree et en Chateaubriand. Jamais je n'ai osé, depuis, lui avouer que le coffre du Nain Jaune contenait le plus petit pécule de la commune, du canton et, pour tout dire en somme, de la Confédération helvétique. Les ennemis de mon père, qui n'ont vu venir aucun coup de Jarnac, ont dû croire à ma discrétion et non à mon dénuement.

En sortant de cette banque toute-puissante qui pourrait, si elle le voulait, changer dans la journée la parité de notre monnaie, j'étais le premier et le dernier homme de ce temps, venu puiser aux sources secrètes des Pouvoirs des documents aussi inégociables.

Dans les semaines qui suivirent, certains historiens de la Seconde Guerre mondiale, qui s'étaient frotté les mains par avance, en furent pour leurs frottements ! Ceux à qui j'ai dit la vérité ne l'ont pas crue. Personne d'adulte n'a compris l'importance de cet événement. Moi, je sais. Je sais que je le raconterai à mes petits, qui eux-mêmes le raconteront à d'autres, et cela jusqu'à l'alchimie qui, dit-on, faisait de l'or avec du plomb. Quand le temps aura passé, et que mes garçons seront vieux, le coffre suisse du Nain Jaune sera devenu une caverne d'Ali Baba, où dormaient enlacés et embaumés, sous une plaque de verre, la star Pearl White et l'écrivain Karl Marx.

En attendant ce jour de Fable et de La Fontaine, après l'ouverture du coffre, il fallut regagner la maison où m'attendaient ma mère et sa sœur, Tata de La Rochelle.

Les deux femmes, assises dans un salon obscur, autour d'un samovar, un châle sur les épaules, résumaient à elles seules toute l'œuvre de Tchekhov.

— Alors...

C'était un double « alors », rempli de brumes

profondes. Il résonne dans ma mémoire comme une plainte du destin, le soir au fond du bois.

— Le coffre, catastrophe ?

— ... Non.

— Les espions moscovites vont cerner la maison ?

Elles avaient dit « maison », je crus entendre « datcha ».

— Le détail du contenu ?

— Les *Mémoires d'outre-tombe.*

— Evident.

Elles avaient répondu ensemble, en parfaite harmonie.

— Et le pedigree de la chienne.

— Laquelle ?

— Minnie !

Ma mère se redressa comme les anciennes princesses qui ne s'appuyaient jamais au dossier de leur chaise.

— Tout s'explique, mon chéri, il y a trois ans que je le cherche !

La folie absolue était normalisée. Ma mère vit dans un songe où règnent, pêle-mêle, les plus grands philosophes, Alice et ses Merveilles. Tata penchait la tête légèrement de côté.

— C'était un très gros coffre ?

— Comme une petite valise.

— Tu as raclé le fond ? Il n'y avait rien du tout du général de Gaulle ?

— Eh non.

— Dommage, j'aurais bien étudié son écriture.

— Il existe des photos de beaucoup de ses écrits.

— En graphologie, rien ne remplace un original. Quand la main écrit et gratte le papier, une décharge se produit qui libère des forces. On peut les rattraper et les faire parler. Il suffit pour cela d'être à la verticale du soleil, au nord de la Corrèze ou au sud du Tibet !

Tata but une petite gorgée de son thé au jasmin, puis elle plissa les yeux, auscultant en elle-même des forces inauscultables.

Ma mère se leva, arrangea un bouquet d'une main blanche et distraite, puis gagna la cuisine où elle avait en route un ragoût de lapin au coulis de tomates.

Mes enfants, de passage pour de brèves vacances, jouaient dans le jardin. J'entends leurs cris et puis le bruit du croquet avec ses boules en bois qui tapent sur les arceaux.

C'était bien. Et, si le Nain Jaune avait été encore vivant, il aurait constaté, heureux, que le domaine étrange, ceinturé du rempart de ses rêves, était toujours debout et préservé du temps.

Maintenant, je ne suis pas l'exécuteur testamentaire de mon père. Il existe peut-être d'autres coffres, je veux dire des coffres pour grandes personnes...

VII

LE BLAIREAU

Maman, Mouty, Simone, Ma Mère, a toujours été d'une modestie fondamentale sur le plan de la toilette. Par nécessité fort longtemps, par goût ensuite, elle a toujours taillé et cousu toutes ses robes elle-même.

Son élégance modeste et rare dure depuis ses vingt ans, soit un demi-siècle, et n'a jamais rien dû à aucune mode. Elle est la réflexion d'une éthique personnelle.

Coco Chanel à qui maman recousait parfois ses boutons (elle ignorait tout du maniement du fil et de l'aiguille. Quant au dé d'argent, elle devait penser qu'il s'agissait d'un instrument de gynécologie. De la couture, Chanel ne connaissait que l'essentiel : la coupe, la couleur, le style, son impact social et, surtout, le sens et le rythme de sa propre légende. Pour le reste, elle avait des banquiers, des directrices, des ouvrières, des mannequins, des petites mains, des jardiniers, des chauffeurs...), Coco donc questionnait souvent ma mère avec ce phrasé dental qui se retrouve souvent chez les femmes qui ont beaucoup aimé à Londres.

— Mais enfin, ma chère, où donc vous habillez-vous ?

— Chez moi, Coco.

Coco, qui n'aimait pas les femmes plus que de nécessaire, renversait en arrière sa tête triangulaire afin de mieux dégager ses quatorze rangs de perles, et ses superbes dents carnassières, et disait alors avec un accent qui aurait pu être celui du Harpers' Bazaar, s'il n'avait pas été plutôt celui des Harpies du Bazar :

— C'est où chez vous ?

— Ici.

Maman lui montrait sa boîte à ouvrage, une petite valise d'osier doublée de satinette.

— Vous êtes une sainte... si, si, ma chère, une sainte.

Je pense qu'elle voulait dire que ma mère était une conne ! Car, en plus de son génie social, Coco avait un sens de l'absolu qui gommait toutes nuances, toute charité chrétienne, tout juste milieu. Elle ne pouvait fonctionner, en quelque sorte, qu'à fond de train.

Mais, comme ma mère ignorait de quel métal

était la férocité de Chanel, et comme Chanel ne voyait pas la nécessité de s'acharner sur un insecte, les choses en restaient là. Ces deux abeilles royales étant issues de deux planètes différentes et respirant un air différent ne pouvaient pas s'affronter.

Donc, quoi que pût en penser Coco, ma mère n'avait jamais possédé ni redingote d'astrakan, ni a fortiori de manteau de vison, de zibeline, de panthère, de lynx, d'ocelot, de loutre de mer, de guanaco, d'ours, de phoque, de marmotte, de ragondin, de mouton doré, ni même d'agneau commun à nos régions.

Le destin et l'absence d'héritage avaient même voulu qu'elle n'ait jamais eu de tour de cou en renard (parure fort à la mode lorsque j'étais tout petit, et qui était constituée d'un renard entier aplati et tanné à mort, et que les femmes portaient comme un vaste collier, en le tenant fermé par une boutonnière pratiquée dans une patte de l'arrière-train et qui venait s'embrocher sur l'un des deux yeux de verre jaune cousus sur les paupières du défunt animal). Donc, dis-je, pas de renard argenté, ni même de troué aux mites, ni même de manchon de peau de lièvre de Beauce, ni même de lapin de clapier, qui constitue à ma connaissance l'extrême bas de la gamme. Rien. Maman n'avait jamais porté de sa vie que des manteaux de laine ou de drap.

Ma mère, qui est un personnage grave et dénué des frivolités du moment, n'avait jamais souffert de l'absence de ce luxe vestimentaire. Et, si elle a eu dans sa jeunesse à affronter des problèmes importants, ils furent tous d'ordre intérieur et inhérents à sa condition de femme.

Le Nain Jaune, ayant eu une enfance très serrée, une jeunesse pauvre et un début de vie seulement alimenté par un salaire de fonctionnaire à la S.N.C.F., ne connaissait rien aux fourrures, si ce n'est le blaireau inusable qui lui venait de son grand-père maternel, Jean Racine, et avec lequel il se faisait mousser le menton tous les matins, avec une rage gaie qui témoignait de sa vitalité.

Le début de ce récit peut paraître décousu. Il n'en est rien. Il est, contrairement à mon habitude, fortement structuré, et cela dans le seul but de mieux peindre les détours d'un destin qui firent que l'absence de fourrure chez maman trouva un jour un terme par la barbe de papa.

C'est donc dans les immédiates années d'après-guerre que le Nain Jaune, ayant quitté le Basané, son vilain patron précédemment décrit, fit tout d'abord une affaire de sucre, puis monta pratiquement de ses mains, à Vevey, un petit atelier plutôt qu'une usine, où il fut un des premiers à fabriquer des tubes en matière plastique. L'entreprise s'appelait Tubloplast. La réclame, rustique s'il en est, mise au point par un Suisse s'étalait sur les murs comme une honte de l'esprit : Tubloplast, le tube le plus beau !

Beau ou laid, grâce aux tubes, à l'entrée d'un hiver, sans doute celui de 1949, le Nain Jaune se retrouva avec, pour la première et dernière fois de sa vie, de quoi survivre un an. Cette idée de sécurité dut lui paraître intolérable puisqu'il fit le projet secret d'offrir à maman un manteau de fourrure. Il voulait quelque chose de chaud, de beau et de robuste, qui fît oublier à ma mère toute une vie dénuée de superflu ainsi que les rigueurs de la froidure helvète.

Il me mit dans la confidence. Moi à cause de mon extrême jeunesse, lui à cause de son manque d'expérience, ignorions totalement qu'on n'offre pas à une femme, même à la sienne, même à sa mère, une fourrure comme on offre des chocolats. L'idée de la faire choisir ne vint pas à mon père, ni encore bien sûr à moi-même.

Une enquête minutieuse et discrète au fond d'une penderie nous apprit, grâce à une étiquette cousue dans le col d'un manteau de drap, que la taille de ma mère, qui était grande et svelte, était le quarante.

Je revois encore ce manteau de drap gris qui provenait d'un grand magasin de Lausanne, chez Léonnard, dont la réclame, rudimentaire s'il en existe, était : Chez Léonnard, tout est bonnard !

Simon, mon frère aîné de deux ans, ayant surpris notre trafic, on dut le mettre dans la confidence, faute de quoi il nous eût dénoncés. N'allez pas penser que Simon ait été un délateur. Il était même le contraire. A cette époque-là, il était si rêveur, d'un naturel si secret, et si sincèrement sincère, qu'il était incapable de la moindre dissimulation. C'est là un des dangers sociaux de la pureté, elle ne voit jamais la nécessité du mensonge.

Muni de son carnet de chèques, et de la taille de maman, le Nain Jaune se rendit chez un fourreur de la vieille ville que lui avait recommandé un illustre soyeux lyonnais.

L'artiste en peaux de bête avait dû être russe ou hongrois. Il avait un accent tout à fait tovaritch. Mais il n'avait que cela car, pour le reste, il n'avait plus de fourrure !

Pendant les quatre années de guerre, dont on sortait tout juste, tous les trafiquants et tous les diplomates du monde entier qui avaient transité par la Suisse avaient dévalisé de fond en comble les magasins de luxe afin de ravitailler les belles espionnes, les riches banquières, les belles actrices allemandes, les princesses roumaines, les vieilles ambassadrices, espagnoles, portugaises, que sais-je encore...

Le Nain Jaune était fort dépité, Simon se rongeait les ongles, quant à moi, j'étais atteint d'une sorte de gratouille de partout et de nulle part des plus intenses.

Devant notre désarroi, le vieux fourreur laissa percer une lueur d'espoir. Il lui restait une pièce unique. Elle avait été commandée par un prélat romain qui n'était jamais venu la chercher.

— Une fourrure d'homme ? s'enquit mon père, anxieux.

Le fourreur eut un geste de la main metzo-semi qui laissait à entendre que le prélat avait peut-être des goûts de femme.

— C'est vraiment une pièce unique ?

— Unique au monde, répondit le fourreur.

— Quelle taille ?

— La taille... Il s'agit de sur-mesure.

— Un sur-mesure qui correspond à quoi ?

— Au quarante, environ.

— On peut voir ?

L'artiste hochait la tête et disparaissait dans une arrière-boutique. L'espérance venait de s'abattre sur le père et les fils.

Après un court moment qui me parut long comme un cours d'arithmétique, le fourreur réapparut d'un pas lourd, portant la huitième merveille du monde.

Il s'agissait d'un manteau de fourrure à poil long, soyeux, blond, avec des reflets cendrés. Il avait un col immense. Il était doublé de soie noire. Nous autres, les trois Jardin, on se mit à le caresser à tour de rôle avec des gestes religieux. Le Nain Jaune en demanda le prix qui était, paraît-il, modique par rapport à l'unicité de l'objet. Mon père qui s'attendait à beaucoup pire, comme on dit chez nous en Normandie sur le plateau de

Neubourg, remplit son chèque avec allégresse. Il fut entendu que le fourreur viendrait livrer « la bête » à domicile, le soir à l'heure du dîner. Ainsi, s'il y avait de menues retouches à faire, il pourrait en convenir avec ma mère.

Peut-être vous demandez-vous le nom de cette fourrure rarissime ? C'était celle d'un mammifère plantigrade qui vit dans les bois de l'Europe occidentale. Quand je vous aurai appris qu'une fois adulte, cet animal peut atteindre un poids de vingt kilos et une longueur de soixante-dix centimètres, qu'il appartient à la fameuse famille des mustilidés, vous aurez peut-être compris qu'il s'agissait d'un blaireau.

Quand la nuit peu tardive d'hiver fut tombée sur Lausanne, maman avait appris par trois trahisons successives, celle de son époux, puis celle de Simon, et enfin par la mienne, que vers sept heures au plus tard elle aurait sur le dos un vrai manteau de reine.

Dring ! Dring ! Le Nain Jaune ouvre la porte. Le fourreur, fort courbé, mine de moujik en fuite, le manteau sur le bras, traverse l'entrée de notre petit meublé, et entre dans la salle de séjour. Ma mère est là debout, achevant de mettre le couvert. Elle interrompt sa besogne. Son époux et ses fils la regardent comme si la minute de son sacre était venue. Tout de suite elle aperçoit la fourrure luxuriante, brillante. Elle est rose de ce plaisir que ne connaissent que les enfants peu gâtés et qui voient pour la première fois un Père Noël vivant.

Le fourreur lui présente le manteau. Elle lui tourne le dos et tend les bras. Elle le passe, elle le met. Il est à sa taille ! Le fourreur lâche ma mère. Elle veut tourner sur elle-même comme pour prendre conscience du fait qu'elle est soudain si belle. Elle n'y parvient pas, elle tangue en avant, puis bascule en arrière et, toute raide, elle tombe à la renverse de toute sa hauteur, avec un cri de frayeur qui transperce les murs, les âges, les traditions, la bonne éducation.

Explication : Le manteau de blaireau pesait le poids de l'armure de Bertrand Du Guesclin. Vous dire le nombre de kilos exact, je ne le saurais pas, disons seulement qu'il devait jauger entre vingt-cinq et trente kilos !

Heureusement, maman était à l'époque grande et très costaude. Elle porta cet oripeau royal pendant vingt hivers de suite. Jamais il ne se ternit, jamais il ne perdit un poil. Ce n'était pas une fourrure pour un chichi, ou une saison, c'était une fourrure pour l'éternité.

Une vingtaine d'années plus tard, lorsque ma mère commença à avoir les jambes fragiles, il fallut, tout comme en ballon, jeter un peu de lest.

La mort dans l'âme, elle fit couper son manteau pour en faire une veste longue. Elle gagna ainsi sept ou huit kilos. Cinq autres années passèrent. Comme ses pauvres jambes faiblissaient encore, elle fit à nouveau raccourcir sa veste. Avec les chutes, elle confectionna de ses mains un bonnet de boyard et un manchon de tsar.

Mon père mourut un jour, et maman qui marche aujourd'hui avec une canne cessa peu à peu de sortir de chez elle.

Les trois parures de blaireau royal : veste, bonnet, manchon, dorment dans l'armoire de merisier qui loge dans la chambre de ma mère. Impeccables, état surneuf, elles attendent que ma fille aînée Nathalie, puis un jour sa fille, et pourquoi pas sa petite-fille, viennent les décrocher et les porter à leur tour.

Sacré Nain Jaune ! Sacré blaireau !

VIII

PLUS FORT QUE LE NAIN JAUNE

Frédéric, dit le Chinois, à cause d'un air asiate qu'il prend et qu'il déprend selon les heures du jour, est le dernier de mes trois fils. Il est né le 24 mai 1968 et hérita du moment révolutionnaire où il vint au monde un caractère particulier, ombrageux, sournois, querelleur, batailleur, provocateur, menteur, pyromane, visionnaire, mélomane, castagneur, imprécateur, saccageur de mobilier et de tableaux, exterminateur d'oiseaux, de chats et de fourmis. Ce petit Attila, avec sa grosse tête bouillonnante, sa voix de stentor et son goût de l'insulte sans mesure, ne devint exquis à vivre que vers l'âge de neuf ans. Avant, ce fut l'enfer. Un week-end avec lui n'avait de comparable que la remontée de l'Orénoque, tout seul, à la pagaie !

En l'an de grâce 1973, ce mauvais diable cardinal avait cinq ans. Etant le second fils de mon second mariage, le Chinois était, pour des raisons de famille et de querelle dues à mon premier divorce, pratiquement inconnu de mon père et de ma mère. Mais il avait entendu parler de la fameuse maison des bords du lac Léman, où son demi-frère aîné, Emmanuel, et sa demi-sœur, encore plus aînée, Nathalie, avaient passé la presque totalité de leurs vacances depuis toujours. Il éprouvait une puissante rage intestine d'avoir été tenu à l'écart d'un domaine qu'il considérait comme le sien.

Et puis, il en avait également beaucoup entendu raconter sur le Nain Jaune, dit « petit grand-père » par opposition à son grand-père maternel, qui est presque un géant. De ma mère, alias Mouty, il savait qu'elle racontait des histoires merveilleuses et faisait des pâtés de lapin.

Enfin, de Zouzou, jeune femme ineffable qui éleva en grande partie les enfants de mon premier lit et qui vivait déjà, elle aussi, à Vevey, il ne connaissait que le nom.

Cette année-là, le Nain Jaune, Mouty et Zouzou, étant venus à Paris pour soigner quelques bobos et voir des amis, peu avant Noël, décidèrent de convier leur petit-fils inconnu à venir passer les fêtes en Suisse, avec eux.

Le Chinois se réjouissait fort de cette invitation.

Il se lava abondamment, plusieurs jours à l'avance, même les pieds et les dents, ce qui était contraire à son habitude. Il réclama ses meilleurs vêtements, et les entassa avec ferveur dans un sac de toile rouge en forme de boudin, qui lui était dévolu.

Mon père, de son côté, afin de bien fêter le Chinois, avait retenu des places dans l'autorail ultra-moderne, le Trans-Europe-Express, qui quittait Paris, gare de Lyon, à cinq heures de l'après-midi et arrivait à Lausanne à dix heures du soir. Le Nain Jaune n'avait rien laissé au hasard. Il s'était assuré pour le premier service de la meilleure table du wagon-restaurant, afin d'offrir à son descendant atrabilaire son premier dîner roulant.

De mon côté, j'avais largement expliqué au Chinois la faveur, l'intérêt et l'attrait de ce repas qu'il allait prendre avec son illustre grand-père, derrière une vitre où l'on ferait défiler, juste pour lui, des villes et des campagnes, sans compter la montagne.

Zouzou, instruite par mes soins des humeurs peccantes qui prenaient Frédéric, et des rumeurs soudaines qui envahissaient son cerveau, était chargée de veiller au grain, de prévenir et d'endiguer toutes catastrophes.

Le jour venu, je me rendis en début d'après-midi à l'hôtel Lapérouse, résidence parisienne de mon père, avec Frédéric et son sac en forme de boudin.

Les présentations furent plus que courtoises, chaleureuses même. Et puis, je ramenai mon fils chez moi, après avoir laissé son bagage à l'hôtel, afin qu'il soit chargé avec ceux de Zouzou et de mes parents. Rendez-vous fut pris sur le quai, devant la voiture numéro seize, à 16 h 40, soit vingt minutes avant le départ. Pour conjurer le mauvais sort, ne laisser aucun vide et remplir tous les blancs, nous avions tout prévu, comme pour un grand hold-up. Je savais que Frédéric, suroccupé, demeurait généralement sur la trajectoire qu'on lui avait tracée, alors qu'au moindre creux la méditation le prenait, et, avec elle, toutes les inconnues les plus ahurissantes devenaient immédiatement possibles.

Donc, pour faire couler le temps qui restait, pour le bien huiler, comme on fait d'une machine, j'emmenai goûter mon garçon dans une bonne pâtisserie de la place du Trocadéro. Il s'empiffra gaiement et posait des questions de bon augure.

— A Vevey, pour Noël, il y aura mon frère Emmanuel ?

— Oui.

— Et ma sœur Nathalie ?

— Oui.

— Alors, je pourrai jouer ?

— Oui.

— Et regarder la télé ?

— Oui.

— Me coucher tard ?

— Oui.

Une sorte d'harmonie sans histoire languissait entre lui et moi.

Enfin, avec beaucoup d'avance, pour être certain de trouver le temps de garer mon automobile, nous prîmes tous les deux le chemin de la gare de Lyon. Nous passions devant les Guichets du Louvre, quand le Chinois me jeta un regard oblique, et demanda sèchement d'une voix caverneuse :

— Pourquoi grand-père est si petit ?

— Parce qu'il n'est pas grand, mon chéri.

— Il lui manque des dents.

— Il se les fait refaire.

— Et Zouzou, elle, pourquoi elle a des dents en avant ?

Zouzou a effectivement les dents en avant, mais cela est, chez elle, plus un charme qu'une disgrâce.

— C'est joli, non ?

— C'est affreux. Et puis, elle boite !

Elle claudiquait, en effet, légèrement à l'époque, à la suite d'un accident de voiture.

— Et Mouty, pourquoi elle est si grosse ?

— Ta grand-mère n'est pas grosse, mon chéri. C'est une dame qui, avec l'âge, a pris un léger embonpoint.

— C'est affreux le léger embonpoint, ça fait des plis !

La sueur glacée et carcérale du condamné à mort, à l'aube de son exécution, me coula dans le dos. J'avais toute ma chemise collée à ma peau, et les cheveux plaqués par le liquide gluant surgi de ma boîte crânienne. Je devais ressembler à un très grand drogué qui n'a pas eu sa dose.

— Pourquoi tu as si chaud, papa ?

— Pour rien, chéri.

— Il fait froid.

— Oui, chéri.

— Tu as des gouttes sur les cils.

— Oh...

— Tu es malade ?

— Oui... Non...

— Oui ou non ?

On arrivait gare de Lyon. Une place me tendait les bras. C'est avec regret que j'y abandonnais ma voiture. Nous traversions le hall, on marchait sur le quai. Voici la voiture seize, et puis voici papa, Mouty et Zouzou.

Embrassades et projets. Je remets mon fils entre les mains de mon père. Les deux Nains Jaunes, doux comme des agneaux, s'éloignent sur le quai pour aller regarder la voiture-restaurant. A les voir marcher de dos, la main dans la main, mon garçon si petit et mon père si petit, on jurerait deux anges tombés du Paradis.

Maman est enchantée.

— Que ton fils est exquis ! Je peux bien te l'avouer, je redoutais un peu... Les enfants inconnus m'intimident beaucoup. Alors, en plus, ton fils...

Je la serre sur mon cœur avec toute l'inquiétude

du monde. Mais voilà que déjà les deux Satans, qui ont vu ce qu'ils voulaient, reviennent vers nous, toujours la main dans la main, à petits pas, échangeant des mimiques et de douces plaisanteries.

A regarder l'un avec son chapeau, l'autre avec son passe-montagne, l'haleine fumante et le regard pétillant en cette avant-veille de la Nativité, je me disais en moi-même : « Il n'y en a pas un pour racheter l'autre, et il n'y a rien au monde qui puisse les remplacer. » Et leurs deux sourires, comme suspendus au bord d'on ne sait quelle Apocalypse, deux bombes à retardement déguisées en gâteaux...

Ma mère, qui a le cœur si tendre, n'y voyait que du feu, mais Zouzou, pour qui la vie avait été moins douce, calculait dans sa tête l'heure de l'explosion !

C'est avec soulagement que je vis embarquer tout le monde à bord. Les chefs de gare n'ayant plus de drapeau et vivant terrés dans des bureaux vitrés, c'est un haut-parleur invisible et omniprésent qui annonça le départ.

Sans un bruit, dans un souffle, le Trans-Europe-Express s'anima, et partit. Je restai sur le quai, et au passage, derrière la vitre blindée, inamovible, qui assure l'immonde climatisation et interdit pour toujours les « au revoir » de la main, les larmes et les rires, j'eus une dernière vision de ma famille paisible...

Minuit ! Le téléphone sonna et j'appris alors par ma mère ce qu'elle m'a raconté cent fois depuis lors...

Le train roulait dans la nuit gelée qui était tombée. A l'intérieur, au chaud, le Chinois, bien assis, écoutait son grand-père lui raconter la vie. Une attention et une admiration séraphiques irradiaient de sa grosse bille ronde. Vers six heures et demie, on annonça le premier service. Il prit la main de Zouzou pour gagner le restaurant. A table, on lui mit un coussin sous le derrière pour améliorer sa position et sa convenance devant son couvert. Mon père lui fit, selon mes recommandations, son menu favori : jambon-coquillettes. Il eut même droit à un coca-cola, boisson que mon père abhorrait par tradition, principe, respect, éthique et sans bien sûr y avoir jamais goûté, mais dont il lui fit la concession. Une atmosphère de rêve s'installait, quand, paraît-il, d'après ma mère, les yeux de Frédéric firent plusieurs tours sur eux-mêmes, dans leurs orbites, avec un bruit de machine à sous qui débouche sur le jack-pot. Ensuite, malgré l'éducation, les principes, il pointa sa fourchette sur le Nain Jaune :

— Grand-père, pourquoi tu es si petit ? Mange ta soupe, ça te fera grandir !

Les fauves étaient lâchés. Hécate et ses chiens, déesse de l'horreur, avait refait surface.

— Tu n'as pas beaucoup de dents, et pourquoi vieille Mouty est tellement énorme ?

D'après tous les témoignages que j'ai eus depuis lors, dont ceux de mon exquise mère, de la divine Zouzou et d'un industriel suisse, ami de la famille, qui dînait à la table voisine, Frédéric, possédé du haut mal, demanda à Zouzou, en avançant le maxillaire et en mimant sa denture, le tout avec les termes rudimentaires de son âge, pourquoi elle bouffait dehors ou bien sur la terrasse ! Il commenta tout fort l'épaule gauche de son grand-père qu'il trouvait plus basse que la droite, et la peau de ma mère qu'il jugeait surabondante et mal tendue pour son volume.

C'est donc dans sa descendance que le Nain Jaune avait découvert un autre lui-même, qui le dépassait dans l'extravagance et dans le colérique. Habitué depuis l'enfance à affronter plus grand, plus fort et plus haut que lui-même, il ne trouva rien à répondre à ce jeune raz-de-marée.

Ma mère fut horrifiée et les sangs lui tournèrent. Toute sa délicatesse enfantine avait été piétinée, et l'amour qu'elle voulait offrir, le vandale acharné le lui avait recraché au visage.

Seule Zouzou garda son calme et son jugement intact.

Il fallut attendre six années pour que je puisse

amener à nouveau Frédéric à Vevey, et que ma mère, traumatisée, puisse tendre les bras, en tremblant, au Chinois qui avait maintenant onze ans, et qui était devenu, non pas comme les autres, mais bien plutôt à part, enfin tout ce que l'on aime.

Et comme disait Prévert aux Visiteurs du soir :

Démons et merveilles, vents et marées,
Au loin la mer s'est retirée...

Il est bouleversant de voir avec quelle rectitude la mort abat nos pères comme on abat les chênes, et avec quelle égale rectitude pousse la succession, et comment la nature fait que repousse l'arbre et qu'un beau jour, avant même que l'on ait eu le temps d'y penser, un autre jeune chêne peuple à nouveau la forêt.

Cependant, du vieux chêne abattu, il subsiste quelque chose, et le vent du soir secoue encore mystérieusement le branchage disparu, en lacérant le cœur de ceux qui l'ont aimé.

J'étais tout récemment, hors saison, à Deauville, occupé à écrire dans une petite maison. Et comme malgré moi, plusieurs fois par jour, je parcourais à pied les deux cents mètres qui me séparaient de la plage. Je m'approchais de la cabine numéro 152, et j'attendais malgré le vent mauvais et la marée d'équinoxe, j'attendais que le Nain Jaune en sorte, un beau matin d'été, ses lunettes en demi-lune sur le nez, sa balayette anti-sable à la main. J'attendais qu'il m'interpelle, qu'il rameute les siens, ma mère, ma fille, mes frères...

Au fond, je n'ai jamais vraiment cru à sa mort véritable. Je sais que, l'été prochain, je reviendrai encore me planter devant sa cabine. Les voisins auront changé. Le monde aura encore changé lui aussi, davantage. Seule, la porte verte, à double battant, sera restée immuable, face aux planches éternelles, et aux gros parasols gonflés comme des ballons.

IX

ZOUZOU ET LE NAIN JAUNE

— Par la Vierge Marie, ouvrez la porte, nom de Dieu !

Pas de réponse ! Maman était très pâle, moi plutôt ahuri, le Nain Jaune avait sa tête Kamikaze-Pearl-Harbour. Il prit son élan, bondit comme un lièvre et se jeta de toutes ses forces sur la porte de la chambre où Zouzou s'était enfermée. Le vantail était lourd, ancien et solide, car notre maison de Vevey a été construite pour des princes russes, à la fin du siècle dernier, et ces gens-là avaient le goût du chêne et de la pierre de taille.

Il rebondit comme un ballon de football et se retrouva les quatre fers en l'air dans l'entrée du premier étage !

— Jean, vous n'êtes pas raisonnable, laissa très

doucement tomber ma mère, de sa bouche fine, tendre et diaphane.

Mais il n'entendait rien et, déjà, il était debout, se projetait à nouveau sur l'obstacle et le martelait à coups de pieds et à coups de poings. Pas de réponse de Zouzou.

Attiré par le chambard, les craquements de la porte et les hurlements vociférants du maître de maison, le valet de chambre survint, venant du rez-de-chaussée.

— Madame est servie.

En effet, cinq invités de marque attendaient, dans le salon du bas, de passer à table pour le déjeuner.

— Zouzou, sainte Zouzou, ouvrez, vilaine, ou je fais un malheur !

Ahurissement total du valet de chambre, bientôt rejoint par sa femme, la cuisinière.

Mon jeune frère, La Ponceuse, qui avait un autre repas que celui servi au logis, sortit de sa douche, tout nu, enveloppé dans une courte serviette.

— Qu'est-ce que c'est ?

— Ah, c'est comme ça ! tonna le Nain Jaune d'une voix qui évoquait le bourdon de Notre-Dame sonnant à pleine volée.

Pas de réponse de Zouzou.

— Vous entendez, Zouzou ?

Comme elle était derrière la porte, elle ne pouvait pas ne pas entendre. Le Nain Jaune tourna sur lui-même et s'arrêta, en fixant quelque chose. Ma mère, qui avait suivi son regard, lui demanda :

— Non, Jean, pas le Boudin !

— Ah, le Boudin !

Il riait par avance et attaqua en force l'hymne de la Légion.

— Tiens, tiens, voilà du boudin !

Le Boudin en question, qui était sûrement un faux comme beaucoup de Boudin, représentait le bord de mer à Deauville, vers les années 1900. Le Nain Jaune l'arracha à son clou, le jeta par terre et sauta à pieds joints sur la toile, bien au milieu du cadre. L'œuvre d'art fut crevée, ravagée et détruite dès le premier saut.

C'était magnifique. Mais, avant de finir et de démêler pour vous cette ténébreuse affaire, et de conter comment papa en était parvenu à de pareils paroxysmes, il me faut remonter plus haut et expliquer qui est Zouzou.

Zouzou est le personnage le plus noble de ma famille. Pourtant, elle et moi n'avons aucun lien de sang.

Il y a quinze ans, j'habitais une petite maison blanche, avec un jardinet, qui dominait la gare de Puteaux. Ma fille Nathalie avait neuf ans et mon fils Emmanuel en avait juste deux.

Ma première femme et moi vivions un amour difficile qui devait bientôt déboucher sur une rupture et un divorce.

Je n'étais pas souvent à la maison et, malgré mes très modestes gains d'apprenti-auteur de films, je cherchais une personne de confiance, capable d'aider ma femme, qui voulait travailler, à élever nos enfants, et à donner la main à la cuisine et au ménage.

C'est une petite annonce du *Figaro* qui retint l'attention de ma femme : « Jeune fille cherche à se placer et à s'occuper d'enfants. »

Quelques jours plus tard, Zouzou, qui devait avoir un peu plus de vingt ans, se retrouva à mon service.

La mémoire est étrange car je ne garde de sa venue chez moi aucun souvenir précis. Je ne me rappelle ni son physique, ni son sourire, ni son humeur. Je n'avais vu ni qu'elle était jolie, ni qu'elle était intelligente. Bref, je n'avais pressenti d'aucune manière la place surprenante et prédominante qu'elle allait prendre dans l'avenir.

Le temps passa. Là encore, je dois avouer que je me souviens mal de cette période, plus faite de déchirements que de joies. Je perdis Zouzou de vue tout en l'ayant sous le nez. Je ne me rendais pas compte qu'elle devenait, peu à peu, la seconde mère de mes enfants.

Ensuite, divorce, vie nouvelle, égoïsme masculin, et égoïsme pour revivre, éclipse de Zouzou qui restait liée à mon existence antérieure.

Un vilain soir, elle eut un grave accident de voiture. On l'opéra plusieurs fois. On lui passa des broches énormes dans la cuisse, on dit qu'elle ne remarcherait pas. On l'expédia à Berck, dans un hôpital de rééducation, où on ne la soignait pas et où elle se laissait mourir de faim.

Mon père apprit que la femme qui avait veillé sur la sécurité de ses petits-enfants était à l'abandon. Il fréta Marco-taxis et sa De Soto, mit le cap sur Berck, fit ouvrir les portes du sombre lazaret, en arracha Zouzou au sens propre, la ramena à Paris où il la fit réopérer par les plus grands spécialistes des os. Il la fit remarcher. Il la fit non boiter. Il l'installa à Vevey, fit d'elle sa secrétaire, sa confidente, son soutien, sa fille, son amie.

Du moment où elle connut mon père, être hors du commun de par toutes ses différences avec autrui, elle oublia son enfance terrifiante. Elle noua avec lui un rapport qui était de l'ordre de l'infini. Elle se modifia à mes yeux, devint enfin utile à ses propres yeux. Elle devint superbe, bref elle devint femme.

Plus tard, rapport, lien, tendresse terminale extrême, elle veilla mon père, du premier jour de sa maladie jusqu'à la minute de sa mort, comme on veille son enfant ou son plus grand amour.

Cet échange, cette relation permanente qui existait entre elle et lui, avait tant de hauteur qu'elle ne provoqua jamais aucun commentaire malveillant.

Ma mère respectait et aimait Zouzou qui avait su apprivoiser et aider à survivre son amant de toujours, son fou, son égaré, son tyran, son empereur de Chine. Aujourd'hui, en 1980, Zouzou vit encore à Vevey. Elle protège ma mère et fait tourner, entièrement seule, l'énorme maison, assurant jusqu'à l'entretien rigoureux du jardin.

Jamais elle ne parle, jamais elle ne se plaint. Oui, Zouzou est le personnage le plus noble de ma famille.

Pendant toutes les années qui sont pour moi la vraie naissance de Zouzou, je veux dire le temps qui s'écoula après sa venue à Vevey, elle se mit très doucement et avec un talent discret et secret à apprendre à vivre, pendant que, dans le même temps, elle aidait le Nain Jaune à supporter et à accepter le naufrage de sa propre vieillesse.

Je les ai vus ensemble à Paris, à l'hôtel Lapérouse, dans les restaurants, dans les réceptions.

— Qui est cette jeune femme ?

— C'est Zouzou.

— Qui est Zouzou ?

— C'est Zouzou !

Cette question, chuchotée par les hommes

politiques et les hommes d'affaires, ne trouvait jamais d'autre réponse que cette évidence :

— C'est Zouzou.

Ceux qui avaient rendez-vous avec le Nain Jaune devaient en passer par Zouzou. Non point qu'elle l'accaparât. C'est lui qui ne supportait pas qu'elle s'éloignât d'un mètre.

— Où sortez-vous ?

— Je vais au tabac.

— Je vais envoyer le chasseur.

— Je veux prendre l'air avec Pascal.

— L'air est malsain, Pascal aussi.

— C'est votre fils.

— Justement.

— Voyons, petit grand-père, soyez raisonnable.

— Jamais.

Quand un invité de marque montait dans l'appartement de l'hôtel, elle préparait le Nain Jaune comme un comédien. Elle le coiffait, exigeait qu'il retirât ses tricots percés, qu'il adorait, pour en mettre un plus neuf.

— Je vais vous laisser avec monsieur Couve de Murville.

— Si vous me laissez, je vais mourir.

— Mais non !

— Mais si !

— Il faut que vous parliez tous les deux.

— Je lui parlerai devant vous.

— Non !

— Si !

Toujours, en fin de compte, elle obtenait gain de cause, mais il ne le savait pas.

Elle l'accompagna avec nous en vacances en Normandie, le suivit, le précéda et l'obligea à faire les voyages indispensables à ses affaires et qu'il redoutait tant durant les dernières années. Il s'accrochait à elle, pour ne pas tomber physiquement et moralement. Et elle avait le pouvoir de le faire se redresser, sans presque le toucher, en lui donnant toujours le sentiment qu'il restait le plus fort, qu'il restait l'Homme-Roi.

Deux fois l'an, Zouzou s'absentait quelques jours pour aller voir sa mère dans le Nord. A chaque fois, la température du Nain Jaune passait de trente-sept à quarante.

— Votre absence m'assassine.

— Ce sont vos colibacilles qui vous donnent de la fièvre.

— Non, c'est vous qui me tuez, vilaine !

Ma mère, mes frères et moi, nous faisions donc, tous à la fois, tout ce qui était en notre pouvoir pour que l'absence de Zouzou fût réduite au minimum. Mais, sur le chapitre de sa mère, elle demeurait intransigeante.

Dès qu'elle partait, quarante, dès qu'elle revenait, trente-sept !

— Zouzou, déserteuse, fausse vestale ! hurlait le faux mourant, du fond de son grand lit, dès qu'elle franchissait à nouveau le seuil de la maison de

Vevey, ou celui de son appartement parisien, à l'hôtel.

Zouzou, impavide, retirait son manteau et questionnait non pas l'intéressé, mais ma mère, le médecin et le vieux Slave, ami inséparable de mon père.

— A-t-il été sage ?

— Effroyable.

— Ah pouh ! faisait le Nain Jaune, désarticulé au fond de son lit. A cause de vous, ma fille, je suis un grabataire qui ne se lèvera plus... Ah pouh !...

Une heure après le retour de Zouzou, le grabataire était dans le meilleur restaurant pour fêter l'événement et sifflait force champagne dans la plus grande gaieté.

— Allons, ma petite Zouzou, et toi aussi, le vieux Slave, encore un peu de canard... Oh là ! sommelier, une autre bouteille !

Et il se plantait dans la bouche un énorme cigare que Zouzou lui confisquait jusqu'au dessert, et qu'elle allait même parfois jusqu'à subtiliser sous la table pour le remplacer par un modèle plus raisonnable.

— Tiens, je croyais avoir un gros Roméo et Juliette ?

— Mais non, petit grand-père, c'était un petit Monte-Cristo !

— Je ne vous crois pas, Zouzou. On me vole, on m'assassine !

Il allumait son cigare à regret, tirait dessus comme un possédé puis, selon une curieuse technique qui lui venait du président Antoine Pinay, le retournait, absorbait le brûlot, refermait ses lèvres tout autour et soufflait un coup formidable, enfumant en un instant la moitié du restaurant. Le tout ayant, d'après lui, pour effet de chasser et de neutraliser les effets de la nicotine ! Cela reste à prouver et n'est pas conseillé à proximité des asthmatiques. J'ai vu, un soir de souper d'affaires et de politique, un inspecteur des Finances, fort délicat des bronches, prendre un coup de grisou à bout portant. Le Nain Jaune, qui venait d'allumer un molosse, entendit ce dernier, qui était son voisin, avouer qu'il travaillait à l'élaboration d'un impôt sur la fortune ! Outré, mon père se retourna vers lui, le cigare à l'envers, planté dans le cornet ! Il voulait protester, mais son esprit d'opposition au projet était tel qu'il souffla. Le technocrate reçut la décharge anti-nicotine en plein dans les naseaux. Il devint violet, vira au jambon des Ardennes, bien boucané, et s'affaissa tout mou. Son projet était cuit.

Mais revenons à nos moutons, c'est-à-dire au jour funeste où Zouzou, à bout de nerfs, s'était enfermée dans une chambre, à Vevey.

Le Nain Jaune sautait donc à pieds raccourcis dans le cadre du Boudin crevé, sous le regard de ma mère, de mon jeune frère, de sa fidèle domesticité et de moi-même, quand il réalisa que son vandalisme était sans portée, puisque hors de la vue de Zouzou. Il cessa d'un coup, eut un trait de génie, digne d'Arsène Lupin, dévala l'escalier, traversa comme un boulet de canon le salon où se tenaient ses hôtes, sortit sur la terrasse qui domine le lac et grimpa carrément le long de la façade, vers la fenêtre de la chambre où Zouzou se tenait recluse.

Cet exploit n'était pas celui de l'homme-araignée. Mon frère aîné l'avait déjà fait, car la maison, construite dans une sorte de pierre verte, possède des creux de quatre ou cinq centimètres entre chaque moellon. Cela dit, le premier étage est à six mètres du sol, la prise sur la pierre extrêmement difficile, et c'est une opération que je n'ai jamais tentée, même quand j'avais vingt ans.

Les amis avaient suivi sur la terrasse et voyaient avec un ahurissement complet mon père gémir sous l'effort, et progresser sur la paroi verticale. A ce moment, Zouzou, qui était sortie de la chambre, qui était descendue, vêtue d'une très belle robe blanche, apparut à son tour sur la terrasse, juste comme le Nain Jaune disparaissait à l'intérieur du logis, par la fenêtre ouverte.

En quelques secondes, il se rendit compte que la pièce était vide et qu'il avait été joué. Il se montra alors dans l'encadrement de la fenêtre, vit Zouzou souriante parmi ses pauvres amis, rugit comme le lion de la Métro-Goldwyn et claqua le vantail dont les vitres éclatèrent en mille morceaux épars.

Une certaine gêne s'installa. Les invités, ne voyant plus ni le maître ni la maîtresse de maison, se tournèrent vers Zouzou qui souriait en silence.

Sortant du salon, ma mère arrivait à son tour. Elle était légèrement troublée dans le rêve intérieur qui guide toute sa vie, et répétait machinalement ce que venait de lui dire son valet de chambre :

— Madame est servie !

Après cette annonce, inattendue dans sa propre bouche, elle tourna les talons et traversa le salon. Une fois de plus, les invités suivirent le courant. Le valet de chambre qui avait perdu le nord, mais qui était cependant redescendu, entonna à nouveau :

— Madame est servie.

Dans le même temps, le Nain Jaune criait depuis la salle à manger :

— A table, bon Dieu !

Le repas fut charmant. Papa ne s'expliqua, ni ne se justifia de rien. Ma mère lui faisait face et Zouzou était à sa droite. Pour un court moment, le monde était pour lui en ordre, en harmonie. Il fut drôle, doux, attentif à ses hôtes, et parla des problèmes politiques de ce temps avec la clairvoyance étincelante d'un visionnaire ou d'un prophète.

Une fois de plus, j'étais désarçonné. Comment passait-il d'un registre, et même d'un destin à un autre, avec tant d'aisance ? Quelle somptueuse toupie bien ronflante !

Je n'ai jamais su quelle tyrannie domestique il avait exercée ce jour-là sur Zouzou pour qu'elle s'enfermât à clef et ne répondît plus. Peut-être lui avait-il récité Alceste pour la millième fois ? Peut-être l'avait-elle empêché de prendre douze œufs au plat pour le petit déjeuner, ou bien avait-elle jeté les mégots de cigare qu'il planquait pour la nuit dans des potiches chinoises ? Nul ne sait. Toujours est-il qu'elle avait réussi à lui inspirer une relative frayeur et qu'il se tint tranquille pendant près d'une semaine. Pour lui, c'était très long. Il n'aimait pas être sage. Il ne savait pas l'être. Et, quand les « affaires » reprenaient, ça faisait de la poussière.

— Oh là, Zouzou, où donc vous sauvez-vous de si bon matin ?

— Je vais en ville, à Vevey !

— En ville, quelle horreur !

— C'est jour de grand marché. Il me faut des artichauts !

— Point d'artichaut, ou alors, avec moi !

Et il montait en robe de chambre dans notre vieille voiture où elle était déjà installée au volant.

— Mais, petit grand-père, on ne va pas faire les courses habillé pour la nuit.

— Mais si. Roulez doucement, nous sommes

pressés. Je vais vous raconter : splendeur et décadence de l'artichaut breton, car aux Chemins de Fer, c'est moi qui m'occupais... A moins que vous ne préfériez qu'on parle de Vélasquez...

Par la fenêtre de la cuisine où je buvais un café, je voyais la voiture sortir doucement du jardin. Elle riait au volant. Lui, il parlait aussi des mains. Il était drôle à voir, avec ses petites lunettes, son mégot de cigare et sa grosse robe de chambre. Enrobé d'une singulière vinaigrette, issu de son cerveau, il devait lui raconter : l'artichaut de Vélasquez !

Ils se sont beaucoup amusés ensemble. Il me semble parfois encore entendre l'écho de leurs causeries qui n'avaient jamais de fin...

— Mais ça n'existe pas !

— Mais, ma très pauvre fille, tout ce que je vous dis existe. La preuve, c'est que je vous le dis !

— Mais le fait que vous le disiez, ça ne fait pas une preuve.

— Si, Zouzou, cela en fait une, et c'est la mienne, puisque c'est mon point de vue, et que je le partage. Avec moi... et avec vous surtout !

X

LA DINARDAISE ET LA CHAISE ÉLECTRIQUE

C'était il y a plus d'un quart de siècle, et les années cinquante résonnaient gaiement dans mes oreilles d'adolescent.

C'était un été comme je crois que l'on n'en fait plus. Les femmes avaient des robes et des cheveux. On les reconnaissait de loin.

Ce matin-là, j'arrivais dès l'aube dans la vieille gare Montparnasse. Je venais de Dinard dans un train de nuit bondé, où j'avais dormi debout, dans le couloir.

Dix jours de vacances chez l'éditeur Jean Fayard, dans sa villa Roc Royal, m'avaient subjugué. Il faut dire que la bourgeoisie de cette époque-là était encore triomphante.

Je ramenais donc avec moi un cœur plein d'espérance, une rage à conquérir le monde qui n'avait pas de limite, un livre de Mauriac, quelques bons coups de soleil, et puis la Dinardaise.

La Dinardaise n'est pas le nom d'une jolie femme, mais bien celui de la colique opiniâtre que l'on attrapait dans cette exquise station d'Ille-et-Vilaine, quand on y buvait de l'eau du robinet, qui devait être fournie par une citerne croupie, située fort en amont, sur la baie de la Rance, derrière une malouinière où un corsaire breton, rescapé des galères anglaises, avait dû mourir lui-même du manque de vitamines et de l'affreux scorbut.

Dès mon retour à Paris, je me rendis chez Paul Morand, avenue Charles-Floquet, au Champ-de-Mars, pour repartir avec lui en Normandie vers un autre bord de mer. Il m'accueillit avec la mine triste des grands voyageurs chez qui l'amibiase vient de se réveiller. En effet, quarante-huit tours du monde avaient fini par rendre l'Homme Pressé fragile du bas poitrail.

Paul Morand et moi parlions bismuth, quand survint mon père qui arrivait de Suisse.

Il était à l'époque encore tout jeune, très mince, fort peu voûté, et animé d'un esprit d'entreprise à toute épreuve.

— Mais voici de Morand l'effroyable visage. Quel est donc ce présage ?

Il était rayonnant, et sa question enjouée était la contrefaçon d'un vers illustre d'une tragédie classique.

Pour toute réponse, Morand se tassa sur lui-même, pivota sur ses jambes saumuriennes, arquées à tout jamais par cinquante ans de cheval, et disparut en direction de ses commodités.

— Qu'est-ce que c'est que cet accueil ?

— C'est que le Petit Toutou est affreusement malade.

Hélène Morand venait d'entrer, de profil, avec son nez tellement grec et son maintien si particulier. Elle était comme immense du haut de sa petite taille.

— Ça va, J.J. ?

Elle avait toujours un nom pour chacun : Proust : le Petit Marcel, son mari : le Petit Toutou, Pierre Laval : le Mongol, de Gaulle : l'Assassin, Papa : J.J., et moi : le Mal Elevé.

Paul Morand revenait bientôt, très pâle, fort mal à l'aise. Son éducation anglo-saxonne et sa nature réservée, comme celle de certains protestants, lui interdisaient tout commentaire sur sa tubulure.

C'est donc moi qui, dans mon inconscience chrétienne et basse-normande, expliquai au Nain Jaune que Paul et moi souffrions d'une zone de basse pression et de quelques anticyclones sur la tripaille. Mon père fut immédiat et formel :

— Professeur Antoine Ribouchet !

Une heure plus tard, Antoine Ribouchet, ancien interne des hôpitaux, ex-chef de clinique à la Faculté, chef de service dans un hôpital parisien, chirurgien, chef d'un hôpital privé dont le seul service qui fût toujours ouvert était la Caisse, membre de l'Académie de chirurgie, membre de l'Académie de médecine, membre de l'Académie des sciences, nous ouvrait à deux battants la porte de son bureau personnel, dans son appartement colossal de la plaine Monceau.

Cet homme-là était tellement chargé d'honneurs qu'avec ses deux pauvres bras il n'était pas à même d'en embrasser le quart. C'est donc à dessein que je ne parle pas ici du Mérite agricole, de la Légion d'honneur, du prix Nobel ni des Chevaliers du taste-vin.

Morand et moi entrâmes, pliés en deux, dans la pièce au mobilier Empire. Comme par un effet de contrepoids, le Nain Jaune paraissait redressé, et grandi.

— Cher ami, le bonjour.

— Le bonjour, cher ami.

Il prenait mon père par le bras et l'entraînait à part.

— Connaissez-vous la dernière ?

— Laquelle ?

— Après deux ans de collage, Diane de Bateau-Gerbaut épouse Craon-Plessière.

— Nom de Dieu !

Du geste, l'illustre praticien nous faisait signe de nous asseoir. Il possédait un physique d'un volume considérable. Il avait tout de la richesse d'avant, un gros ventre, un gilet, pas de cheveux, une chaîne de montre, des épaules tombantes en bouteilles de

Saint-Galmier, et deux pieds immenses qu'il tenait, sur son tapis d'Aubusson, non pas parallèles mais en équerre.

Il posa sur mon épaule une main fatiguée par les dîners en ville et le « bordeaux léger ».

— Garden junior, I supose ?

Puis à Paul Morand, furieux de se trouver là, autant que de sa colique.

— Mon cher maître !

Nous n'avions rien à dire. Le Nain Jaune parlait pour nous. Il exposa en deux mots les résurgences coloniales de Morand, ma fraîche Dinardaise, et conclut :

— Faites au mieux !

Ribouchet chaussa son nez de lunettes d'écaille, tira sur son gilet qui remontait tout le temps, puis alluma une cigarette anglaise à l'aide d'un lourd briquet de bureau. Les doigts de sa main droite étaient fort jaunis. Puis, il aspira une bouffée pharamineuse, une de ces bouffées dites d'avant-guerre, époque où le tabac ne tuait pas, même les médecins.

— Voyons, le plus âgé, et puis le plus malade.

Comme il y avait, à l'œil nu, plus de cinquante ans de différence entre Morand et moi, il finit par saisir celui-là.

— Etendez-vous... sur le dos, sans la veste !

Le ton, quoique mou, était sans appel, et le discours ex cathedra du génie ne souffrait pas la contradiction.

Paul prit place sur un divan de cuir noir qui était de toute beauté. Cigarette au bec, le médecin vint s'asseoir près de Morand, sur un tabouret.

— Vous avez mal où ?

— Là !

Morand montrait son flanc gauche.

— Alors, vous avez mal là... Oui, oui, je le vois...

Pour confirmer sa voyance, Ribouchet planta deux doigts vengeurs dans le bas-ventre gauche de Paul qui hurla. Victorieux, Ribouchet tonna :

— Vous avez donc mal là...

Puis à mon père :

— Il a mal là...

Il se relevait et marchait les mains dans le dos, la cigarette au bec.

— Côlon gauche. Organe malicieux, serpentin de l'angoisse. On ne devrait jamais dire d'une brute : il n'a pas de cœur. On devrait dire de lui : il n'a pas de côlon ! Ah le côlon!... Mon colon!...

Il appuya très légèrement sur son propre côlon gauche et émit une grimace.

— Revenons à nos moutons.

Il fonçait sur Morand et le faisait hurler à nouveau, pour une nouvelle confirmation.

— C'est bien ça, c'est bien là, c'est bien lui : bismuth !

Le bismuth n'est devenu subitement un poison mortel que vingt-cinq ans plus tard. A l'époque, on vous le prescrivait au kilo.

— Six cuillerées à soupe par jour, plus six la nuit, si vous êtes insomniaque. Et élixir parégorique !

L'élixir parégorique est interdit maintenant à la vente libre car il contient de l'opium. Pour en obtenir un flacon grand comme un dé à coudre, il faut une ordonnance à souche, du tableau Y - Z, signée par deux médecins, le préfet de police, et deux instituteurs !

— Vous allez m'avaler tout un flacon aujourd'hui pour mettre tout cela au calme, et ensuite nous irons décroissant.

Puis, se tournant vers mon père, il lui demanda :

— Qu'en dites-vous ?

— Epatant, répondit ce dernier qui n'y connaissait rien.

Mais ce n'était pas tout. Notre calvaire n'était pas à son terme. L'illustre professeur arpentait son bureau à la recherche d'un diagnostic complémentaire, humaniste, définitif.

— Vous avez des radios ?

Morand désignait une grande enveloppe que mon père tenait en réserve. Le professeur s'emparait des clichés qu'il sortait de l'enveloppe et les plaquait et coinçait contre un appareil constitué d'une glace translucide, éclairée par-derrière. Il lorgna ces tristes photos tirebouchonnantes, puis ricana de façon diabolique :

— Mais, dites-moi, mon cher maître, vous ne m'avez pas envoyé votre dernier livre, *Hécate et ses chiens* !

Couché sur son divan, Morand bredouilla des excuses où il était question de la carence des éditeurs et des grèves des postes !

Nouveau ricanement du membre à part entière des différentes Académies. Et puis, il pivota sur ses équerres et fonça en direction de sa bibliothèque en se frappant le front. Une idée subite venait de lui traverser la tête, une de ces idées qui vous tombent dessus comme la foudre, pour l'excellente raison qu'il y a un mois qu'on l'a eue, et quinze jours que l'on répète chaque geste que l'on va faire, et chaque mot que l'on va dire !

Au milieu de trois mille volumes différents, Ribouchet cueillit celui qu'il voulait. C'était un petit livre. Il le cassa en deux, d'un geste féroce, faisant craquer la colle du dos de l'ouvrage. Puis, pour le plus grand étonnement de Morand, du Nain Jaune et de moi-même, nous vîmes l'homme de l'art retirer un cliché de la plaque translucide et y appliquer une page du livre. Les yeux du gastro-entérologue couraient des clichés au texte et du texte aux clichés.

L'angoisse s'emparait de nous et nous avions raison.

— Dites-moi, cher maître, vous avez bien écrit : « La triple Hécate, divinité infernale, reine de la nuit, se nourrit de ses chiens », hein ! Vous avez bien écrit : « Clothilde faisait de même, dévorant des enfants tout au creux de son lit » ! Vous avez bien écrit cela, oui ou non ?

— Oui, finit par avouer Morand, d'une voix microscopique.

Le jugement tomba comme un couperet qui ignore et prévient tout appel :

— Vous aurez mal au ventre toute votre vie !

Et, avant que nous ayons eu le temps de réagir, il mettait le cap sur moi, et me pinçait la tripe, me faisant hurler à mon tour.

— Il a mal, disait-il à mon père.

Puis se tournant vers moi :

— N'est-ce pas que vous avez mal ?

Comme j'étais pétrifié et ne parvenais pas à articuler, il m'enfonçait deux doigts dans le flanc gauche.

— Aïe !

— Et voilà. Il a mal. Ils ont mal. Mon cher Jean Jardin, votre ami Paul Morand et votre fils ont mal au ventre.

— Eh bien, eh bien, disait papa, voilà qui est fâcheux.

Le monstre jetait sur ma personne un dernier regard de hibou.

— Vous écrivez aussi ?

— Non, monsieur.

— Ça ne fait rien. Vous aurez également mal au ventre toute votre vie !

Mais voilà que la rage diagnostiqueuse le possédait tout entier et qu'il fixait maintenant le Nain Jaune :

— Vous-même, hypersensible...

— Je n'ai rien, cher ami.

On prit la fuite, plus que nous ne prîmes congé. Une fois sur le trottoir, le Nain Jaune nous confisqua nos ordonnances qui étaient identiques : trois kilos de bismuth et deux litres d'élixir, puis on fit quelques pas. Soudain, Morand s'arrêta et suggéra, avec timidité et avec la gêne d'un homme du monde qui ne dit jamais de grossièretés :

— C'est un con, non ?

— Non, c'est un fou, répondit le Nain Jaune, mais son diagnostic est le meilleur d'Europe : infaillible.

Mon père avait raison. La meilleure preuve en est qu'à quarante-cinq ans, quand on me plante violemment deux doigts dans le bas-ventre, cela me fait toujours et encore aussi mal !

Je ne sais plus quel est le génie qui a dit: « La santé, est la paix des organes. »

Eh bien, voilà, la paix, nous ne l'avions guère. Pourquoi ? Je tiens l'explication de Jean Gabin pour rustique, mais séduisante :

« L'homme est comme le lapin ! Quand la maladie lui tombe sur le râble, elle ne le lâche pas aisément et rarement d'un seul coup. »

En effet, à quelque temps de l'aventure Ribouchet, le Nain Jaune et moi-même fûmes atteints d'un mal qui n'a jamais constitué une conversation de salon. Et, si je me résous ici à parler de ce qui va suivre, c'est que j'ai maintes fois fait l'observation que l'attelage que le Nain Jaune et moi formions était si naturellement uni qu'il nous conduisait dans les mêmes restaurants, dans les mêmes espérances, dans les mêmes théâtres, les mêmes églises, les mêmes maladies, et quand l'un de nous se grattait, c'est que l'autre avait la gale.

L'homme est fait pour passer dans la nature, et la femme pour y demeurer. Nous violons, nous semons, nous créons. La femme fabrique l'homme, le nourrit et le conserve. Elle est l'être complet. Et ce n'est pas parce que nous avons le pouvoir d'informer la matière pour la transmuer en catastrophe que nous sommes plus forts ou plus hardis que nos femmes, nos mères et nos maîtresses. Ainsi le prouve ce qui va suivre...

Ce jour-là, le Nain Jaune et moi-même avions perdu notre superbe, car nous venions de réaliser que nous souffrions du fondement, lieu du corps humain que certains médecins appellent communément le siège de l'anxiété.

Nous nous consultions en secret sur la marche à suivre pour nous guérir de manière qui passât inaperçue. Dans notre infortune, nous n'avions qu'un réconfort : avoir mal tous deux, au même moment, et de plus au même endroit.

Nos premières investigations nous amenèrent à

écarter Ribouchet et son bismuth, ainsi que tous les grands médecins que mon père comptait parmi ses amis.

En réalité, nous ne voulions ni l'un ni l'autre qu'une certaine société fût informée de notre malheur.

Cet esprit obscurantiste, rétrograde, provincial, catholique et honteux, conduisit nos recherches souterraines à fixer notre choix sur un singulier proctologue dont le titre principal était d'être médecin auxiliaire de la maison de retraite des gardiens de la paix !

Nous avions pris rendez-vous tous les deux, le même jour, à la même heure, et, malgré les protestations de la secrétaire-infirmière, nous insistâmes pour passer ensemble dans la salle de torture.

Le brave docteur était surpris. Sans doute était-il fort rare que le père vînt soutenir le fils et vice versa dans des auscultations aussi intimes.

Sur une vilaine table métallique pourvue d'étriers de style Inquisition, il nous fit prendre à tour de rôle une position dérisoire dite gynécologique. Puis il nous planta dans l'arrière-train une sorte de mandrin creux qui lui permit d'observer nos entrailles, avec le concours d'une lampe munie d'un miroir réfléchissant et fixée sur son front.

Le Nain Jaune, qui avait été soumis à la question ordinaire en premier, me récitait un texte d'André Suarès pour se donner du courage :

— « Le possédé du sexe est toujours une victime... la possession est diabolique. Le patient ne s'appartient plus. Le possédé du sexe est un jouet brûlant entre les mains du démon qui l'affame, l'altère et le dessèche. » Aïe ! Aïe ! Ouille !

L'auscultation n'allait pas sans glapissements et commentaires qui ne me rassuraient pas sur mon sort à venir.

— Nom de nom ! hurlait mon père. Même dans la marine à voile, même sans toucher terre pendant plusieurs années, je n'aurais pu me résoudre à la triste sodomie. Pauvre Vasco de Gama, pauvre Christophe Colomb. Aïe, aïe ! Ouille, ouille !

— Calmez-vous, respirez, répondait le praticien. Voilà qui est fini. A votre tour, jeune homme.

Une demi-heure plus tard, le verdict tombait :

— Une forte piqûre interne doit vous tirer d'affaire aussi bien l'un que l'autre.

Mon père s'enquit sur le sens de la phrase « forte piqûre interne ».

— C'est une injection que je vais vous pratiquer à l'intérieur du corps grâce à l'appareil qui m'a permis de vous ausculter.

Nous hésitions. On n'était pas bien gais. Il y avait eu des jours où l'on avait ri davantage...

L'homme de l'art précisa encore que l'injection serait suivie d'une légère réaction prostatique, comparable aux prémices de l'accouchement chez la femme.

En fin de compte, tout insolite, tout ridicule bien

pesés, nous jugeâmes que le jeu en valait la chandelle !

Le Nain Jaune fut piqué le premier et hurla à la mort. La secrétaire-infirmière, qui voulut le faire taire, eut le pouce transpercé par les dents acérées de mon vieux carnassier.

Moi, je fus piqué en second, et puis je m'évanouis.

Trois jours plus tard, mon père était guéri, et moi je sombrais peu à peu dans un état de douleur qui amoindrissait ma raison. Escorté du Nain Jaune, je retournai chez mon bourreau. Il me fit une seconde piqûre, laquelle me plongea dans une sorte de catalepsie qui dura plusieurs heures.

Ne pouvant pas changer de derrière, je décidai de changer de médecin. Cette fois, je vis le plus grand dans sa partie.

— Les deux injections que l'on vous a pratiquées vous ont guéri. Il n'y a pas de lésion. Votre douleur est mentale, c'est psychosomatique.

Moins ma douleur existait, et plus elle me faisait souffrir.

Je consultai donc à nouveau le Nain Jaune qui se portait à merveille, et qui me donna non pas un conseil mais plutôt une sorte de tuyau, comme aux courses. Il avait un ami qui avait passé trente ans à Saigon, et dont la tubulure n'était plus qu'une toile d'araignée. Ce vieux colonial était ami d'un très vieux médecin, le docteur Tavin, résidant rue du

Val-de-Grâce, et qui possédait un dispositif unique en Europe pour calmer le fondement.

Le colonial avait même affirmé qu'il n'y avait pas de « faubourg », aussi dévasté fût-il par la maladie ou le vice, qui ne retrouvât la paix grâce aux soins de ce marginal.

Je n'avais plus le choix et, courageusement, j'investis toutes mes espérances dans le docteur Tavin.

Je pris donc rendez-vous rue du Val-de-Grâce. Le Nain Jaune m'escortait, me soutenant et le bras et le moral.

Au second étage d'un immeuble vétuste, une bonne de curé nous ouvrit et nous installa dans un petit salon Charles-X. Très vite parut un homme diaphane aux cheveux blancs et qui portait une blouse de plâtrier. Il était fort affable et nous invita à le suivre dans son bureau qui était un réduit de trois mètres carrés.

Avec une précision digne des grands auteurs du dix-huitième siècle, mon père lui exposa mon cas.

— Cinquante mille volts dans le derrière !

— Vous dites ?

— Messieurs, je suis le dernier en France à pratiquer la diathermie.

— Mais encore ?

— Venez voir !

On passa dans son officine qui me fit penser à Jules Verne. C'était comme chez le capitaine Némo, mais en très fauché.

— Voici une ampoule en quartz en forme de torpille. Je vous la branche ! Ensuite, les deux fils qui sont là sont reliés sur ce générateur à haute puissance : 50 000 volts ! Je baisse la manette...

— Et alors ?

— Et alors, jeune homme, en trois séances vous êtes guéri.

— Mais pourquoi ?

— Pourquoi ! Mais parce que l'électricité calmera votre muqueuse et mettra au repos l'ensemble de vos tissus ! Vos nerfs qui abondent dans cette région du corps seront anesthésiés de manière durable. Trois séances, et je vous garantis non point la rémission mais bien la guérison.

J'avais affreusement peur. Le Nain Jaune était d'une perplexité qui frisait la névrose.

— Je vous préviens, messieurs, que cette installation est interdite et ne me survivra pas. Je suis traqué par la police, car cette machine brouille les récepteurs de télévision à deux kilomètres à la ronde ! Alors, jeune homme, on y va ? Sinon au suivant !

Je me déshabillai d'un coup et me retrouvai bientôt à nouveau les quatre fers en l'air, les pieds dans les arceaux de la table fameuse dite gynécologique.

Le médecin fumait, mon père fumait. Moi-même, malgré l'inconfort de ma position, je pétunais comme un sapeur.

Le vieux bonhomme trempa la torpille transparente dans un corps gras, puis la connecta sur une sorte de douille à baïonnette comparable à celle des ampoules du commerce. Enfin, pour s'assurer de la bonne marche de l'engin, il baissa l'énorme manette de son antique générateur, transformateur, et accélérateur. Des grésillements lugubres se firent entendre, pendant que le zigzag bleu de la foudre apparaissait, furieusement emprisonné dans l'ampoule torpille !

Alors, d'un geste militaire et non cotonneux, il m'introduisit Zeus dans le derrière.

Je ne ressentis rien, si ce n'est une indicible terreur. Le Nain Jaune se pencha sur moi, et me prit la main.

— N'oublie pas, mon chéri, dans mon enfance, on disait la fée électricité... la fée...

La séance d'électrocution durait de vingt à trente secondes. J'en fis dix, ahuri après chaque exécution d'être encore en vie.

Le traitement Tavin, original en tous points, n'avait qu'un défaut : il faisait empirer mon mal.

Un beau jour, je l'interrompis, et guéris tout seul en quarante-huit heures. Le charmant médecin mourut fort peu après, sans doute terrassé par un court-circuit.

Evidemment, cette aventure ahurissante, cette incursion bizarroïde que le Nain Jaune et moi fîmes dans le monde fort obscur de la proctologie ne constitue pas un grand texte équestre. Cette narration se situe loin du *Discours de la méthode.* Mais je ne pense pas que la langue française en soit malade. Et j'espère que le rire trouvera son compte dans les folies et les maladies parallèles qui me frappèrent parfois en même temps que mon père.

Au fond, pour les petits cas, nous aimions bien faire en sorte de tomber malades ensemble. Comme lui et moi nous travaillions beaucoup, cela nous faisait des vacances en commun, et des secrets inavouables dont nous parlions ensuite à mots couverts, en pouffant, comme des vieux enfants dissipés qui plaisantent entre eux sur un mal minuscule. Nous nous vaccinions par le rire contre la mort qui est toujours au bout, et contre le cancer qui est souvent probable... Quelle folle sarabande les vraies grandes personnes ne font-elles pas pour éloigner l'inéluctable... C'est fou comme nous autres les hommes aimons à jouer avec le feu. Et plus cela est dangereux, plus cela est rassurant. Toucher du doigt le pire, pour en faire un moment reculer les limites...

XI

LA SORTIE DE L'ÉCOLE

Petit, je détestais tellement la sortie de l'école que j'ai passé les quinze premières années de mon existence à ne pas y entrer. J'ai fui le cours Hattemer, replié à Blonville, les matinées enfantines où l'on me déguisait en poireau, les louveteaux, les scouts, la vieille caserne napoléonienne du lycée d'Evreux et son tambour qui ponctuait l'heure des cours et des récréations. J'ai fait en Suisse, à la fin de la guerre, dans une pension de riches, une grève de la faim de vingt et un jours. Pour moi la vie, la vraie, la mienne était hors les murs. En ai-je sauté des grilles et des barrières ! Je détalais avec mes culottes courtes et mes genoux de rouquin, brûlés de soleil ou bleus de froid selon la saison, le souffle fumant d'émotion en toutes circonstances, persuadé qu'au tournant de la route il y aurait mon destin...

Les choses ont bien changé. Les enfants n'apprennent plus les départements. Quimper n'est plus le chef-lieu du Finistère que pour le ministre de l'Intérieur. Les gamins ne récitent plus par cœur les Corbeaux ni les Renards, ni la Mort de ce Loup qui gardait le silence, ni les redoutables tables de multiplication.

Bien que relevant de l'imbécillité, le recul du temps me force à admettre que le procédé avait quelque chose d'exquis. Il déposait tout au fond de la mémoire de l'élite je ne sais quel sédiment comparable aux carcasses des grandes baleines qui meurent et coulent dans le fond des océans pour y redevenir le pétrole et le beefsteak de demain. Et puis, la mécanique de la scolarité primaire avait le pouvoir de rendre idiots ceux qui n'étaient que bornés. Les autres, très rares, puisaient dans l'efficace absurdité du système le goût du rêve, de l'évasion intérieure, et ce septième sens, celui du malheur, sans lequel il n'est pas de beau visage d'homme. Prévert : « En revenant de l'école... » Trenet : « Blouse noire et chandail de laine abritent des cœurs de Jésus, et les lampes d'acétylène ont des lueurs de vertus... » Brel : « Des zéros, j'en avais tant, des minces, des gros, j'en faisais des tunnels pour Charlot, des auréoles pour saint François... »

Hélas, moi qui me prenais déjà pour moi, malgré

cette folie, je n'ai pas su à l'époque découvrir la liberté dans la prison, la clarté dans le noir, ni l'infini dans la cour du préau. Le bois rugueux, rongé, torturé de coups de canif, des pupitres constellés par les taches de plusieurs générations de cancres me transformait non pas en Verlaine, mais en rien du tout. J'étais de ceux, bornés, que l'on rendait idiots.

— Finistère, chef-lieu Quimper, sous-préfectures Morlaix, Brest et Châteaulin...

Mais il y avait bien pire encore :

— Si deux trains lancés à cent à l'heure se croisent dans une baignoire dont les robinets grands ouverts produisent dix litres à la minute, quel est l'âge du conducteur de la première locomotive quand le robinet d'eau froide décuple son débit ?...

J'ai oublié la suite et j'ai tout confondu, et somme toute, Dieu merci, mes enfants n'apprennent plus les départements. L'algèbre et la géométrie ne sont plus impossibles, *Phèdre* est écrit pour eux, ils voyagent à l'école, ils y font du ski et du bateau à voile, ils y vont en patins ou en planche à roulettes. C'est horrible à dire pour un vieux rétro, mais ils y sont heureux.

L'école de mes fils est un établissement relativement récent, deux marronniers, l'avenue, un long mur d'angle percé de trois portes, comme pour les trois oursons de mon enfance : la petite porte pour le plus jeune, la moyenne et la grande pour les aînés.

Le Nain Jaune, ce jour-là, la veille des vacances, avait choisi de venir les attendre. Ce n'était pas son ordinaire que de faire la sortie des cours. Il se tenait résolu, le pied ferme légèrement en dehors, les mains derrière le dos, le chapeau sur la tête, un peu haletant selon son habitude. Il s'agissait pour lui, selon une technique délicate, de balayer du regard les trois portes juste au moment venu. Il n'était pas là pour en rater un ! Il était fin prêt, tout ensemble ancré sur le pavé et piaffant comme un pur-sang à Longchamp. La marée enfantine allait les lui recracher un à un, ou mieux, ou pire, les trois ensemble. Mon père n'avait pas sa tête coutumière. Il arborait une mine que je ne lui avais jamais vue, celle d'un propriétaire. Oui, ce n'était pas les enfants des autres qu'il entendait récupérer, mais bien plutôt les élus des élus, les siens et, très accessoirement pour lui, les miens.

Déjà, les prémices de la levée d'écrou, bruissante, fourmillante, montaient de derrière le haut mur. On sentait que la porte de la ruche allait s'ouvrir, qu'elle s'ouvrait. Confus, délicieux et délirant vacarme qui allait crescendo. L'enfance emprisonnée allait retrouver la liberté de la rue.

Tout cela, je le voyais, je le devinais de derrière mon volant. En effet, j'avais amené le Nain Jaune à pied d'œuvre, et j'étais resté assis dans ma voiture garée à quelques mètres. Contrairement à mon habitude, par négligence, mon véhicule était sale, et mon pare-brise plein de mouches écrasées me donnait de la situation une vision d'autant plus aimable qu'elle était évidente et visuellement incertaine. De plus, une sciatique persistante et des calmants puissants achevaient de me plonger dans un état relativement euphorique. Le temps remontait dans ma tête comme les films d'enfants que l'on passe à l'envers, dans un accéléré, de ceux qui font papilloter les yeux. Combien de fois avais-je été à l'école pendant la guerre ? Quarante ou cinquante fois en tout, entre cinq et neuf ans. Et combien de fois le Nain Jaune était venu me chercher ? Une fois. C'est peu. Mais c'est tout de même beaucoup.

En 1943, l'école du village de Charmeil, près de Vichy, était peuplée de garçons et de filles à tablier noir, galoches et genoux éraflés. Ce jour-là, j'étais des leurs. A la fin du cauchemar, je veux dire du cours, sans doute à quatre heures, ou à quatre heures et demie, grâce au tintement de la cloche on se rua au-dehors. Sur le bas-côté de la route, appuyé contre sa voiture, fumant, le chapeau sur les yeux pour éviter le soleil, je vis mon père. Il était immobile, pareil à un gangster, à un flic, bref à un héros de cinéma.

En ce temps-là, qui était dur, les pères n'étaient jamais les mères, et je fus étonné. Il m'embrassa très doucement et me fit monter dans la quinze-chevaux Citroën, à côté de lui, à l'avant. Il ne démarrait pas. Il ne me parlait pas. Après un temps assez long, il saisit sous son siège une petite boîte de bois blanc, et me la tendit. Comme je voulais l'ouvrir, il m'en empêcha du geste.

— Je suis revenu au début de l'après-midi en coup de vent à la maison pour chercher un dossier.

— Un dossier...

— C'est un carton avec des papiers dedans. En passant, je suis entré dans ta chambre, et j'ai vu Maurice dans sa boîte à chaussures. Il était mort, la vieillesse sûrement. Alors je t'ai attendu, et je te l'ai amené... pour qu'on l'enterre ensemble... C'est la vie, tu sais...

Il me recoiffait avec ses doigts et allumait une nouvelle cigarette avec le mégot de la précédente. J'ouvris très doucement la boîte. Sur un gant de toilette où mon père l'avait déposé, et qui lui tenait lieu de parure et de linceul, il y avait Maurice, mon crapaud. Je le touchai. Il était froid, et ses yeux globuleux que j'aimais tellement étaient fermés à jamais sur l'éternité innocente des gobeurs de mouches.

Papa démarrait, on roulait jusqu'à la maison. On gagnait le potager tout au fond du jardin. On choisit un petit coin, on creusa un petit trou, et on y mit Maurice dans sa boîte. Il allait me dire quelque chose de tendre, quand la bonne arriva en courant. On le demandait au téléphone de toute urgence. Il galopa vers la maison. Il répondit très vite, raccrocha, ressortit en coup de vent. Il me fit un geste de la main comme pour s'excuser de m'abandonner.

S'excuser. Je ne le voyais jamais, en tout cas jamais seul. Ce fut la première des huit ou dix entrevues privées que nous eûmes ensemble durant toute notre vie.

Les rapports personnels étaient pour moi impraticables avec cet être-là. Existait-il des gens avec qui il en entretenait ? Je ne le crois pas. Je pense que ses amis n'ont eu le droit, comme moi-même, ce qui était déjà énorme, qu'à la représentation formidable qu'il jouait de sa vie, ou bien à ces craquements fulgurants où, dans des instants déchirants, il laissait percevoir son désespoir fondamental. Entre les deux, point de juste milieu, point d'équilibre, ni de repos. Il était épuisant, tuant, et cependant, comme les autres, je ne me suis jamais lassé de lui. Mais quelle difficulté, car, comme vous le verrez plus avant, il n'est aucune confidence, aucune proximité d'affection ou de tendresse qui ne pouvait rompre sa vraie solitude. Alors, je le surveillais, je l'écoutais, je le contrais, je l'admirais, mais je crois que, comme ma mère, hélas, j'étais toujours devant ou derrière lui et jamais en face. Il tournait trop vite sur ses talons, comme en fuite de lui-même ou de sa vie.

Au fond, l'amour que je lui ai porté est comparable à la passion qu'on éprouve pour les femmes. On a beau les étreindre à la folie, malgré cela, ou à cause de cela, elles restent toujours belles comme la femme d'un autre...

Une sonnerie avait remplacé la cloche de mes neuf ans. Les trois portes s'ouvraient grandes sur l'avenue, et je voyais au travers du pare-brise le Nain Jaune à soixante-dix ans, pas plus patient qu'à trente ans, qui recevait de face le déferlement des grands, des moyens, des petits. Allait-il en manquer un, allait-il les manquer tous ?

Un papillon multicolore détalait à une allure vertigineuse, c'était le plus petit, le Chinois. Le Nain Jaune bondissait et puis l'interceptait. Déjà, ils n'étaient pas d'accord, je le voyais de loin à leur discussion animée. Et puis débouchait le second, la tête farcie de firmaments étoilés, de victoires et de fanfares, Alexandre. « Grand-père. » Il parle par explosion. « J'en étais sûr... tu es là, génial ! » Et puis enfin l'aîné, très grand pour ses quatorze ans, dégingandé, les yeux au bord des larmes, un nez à la Cyrano qui rapetisse chaque année, car plus il mûrit, plus sa truffe diminue.

Je voyais le quatuor qui revenait vers moi, les enfants demandant, mon père promettant tout, et fermement décidé à en tenir une partie... aujourd'hui. Je revois également les visages participant aux jeux de lumières et d'ombres des arbres de l'avenue, le feuillage abritant les oiseaux... Tout cela est sans doute exagéré, mais il faut un grand mouvement intérieur pour faire revivre les rires perdus. Parfois, durant une insomnie, je me plais à imaginer encore ces quatre cœurs humains qui couvrent, par-delà le temps, le bruit du mien par leurs battements réguliers.

Le temps n'existe pas, c'est juste un vide momentané dans lequel se précipite tout ce que j'aime. Croire au temps, c'est croire à la mort. Je ne veux plus y croire.

XII

WELSHPOOL OU LA LONGUE MARCHE

Le Nain Jaune frotta de sa main gantée la buée qui se renouvelait sans repos sur la vitre glacée.

— La bourgeoisie a transformé l'art en culture...

Il remonta le col de son manteau qu'il maintint fermé de ses doigts.

— Notre passé est plein de promesses mortes. L'avenir est immaîtrisable. Il y a eu cassure historique, je suis de ceux de la cassure. Le sens de l'Histoire nous prive de nos libertés antérieures et de nos anarchies intérieures...

La campagne anglaise défilait sous un soleil gelé. L'autorail sans âge lancé à pleine vitesse, trente ou trente-cinq kilomètres à l'heure, tanguait comme un voilier sur la voie lamentable.

— Sais-tu que l'intelligence des vieux hommes vient de la qualité de leur mémoire ?

J'approuvais. J'avais sommeil, froid, mal au cœur, faim et soif. De plus, je ne pouvais pas faire pipi, les commodités de l'insalubre véhicule étant hors d'usage depuis la mort de la reine Victoria.

Le Nain Jaune tira sur sa cigarette avec une vigueur amère qui remplit le compartiment non fumeurs d'un nuage gris. Un Gallois de bonne mine attira l'attention de mon père sur l'écriteau : No smoking.

— Not for me !

Cette réponse définitive fit sourire le gentleman qui se replongea dans sa lecture.

Avions-nous eu raison d'entreprendre ce voyage insensé ? Je l'ignore. C'était il y a dix ans. Tout d'abord nous avions pris le train Lausanne-Paris, puis nous avions frété une voiture de louage qui nous avait conduits à Orly. Au moment de monter dans l'aéroplane, le Nain Jaune avait failli caler. Pourtant, l'hôtesse était exquise et, en ce temps-là, en première classe, on pouvait encore étendre les jambes.

— Qu'est-ce que c'est que cet avion, mademoiselle ?

— Une Caravelle, monsieur !

— Un bateau ! Et ça vole !... Mettez-nous près de la sortie... Comment ouvre-t-on la fenêtre ?

Appelez-moi le pilote, je ne veux pas qu'il vole trop vite.

— Bouclez votre ceinture, monsieur.

— Jamais !

C'était la première fois que mon père prenait l'avion depuis quarante ans. Ses expériences antérieures s'étant bornées au survol de la tour Eiffel, dans une sorte de cage à poules Voisin, pilotée par son inventeur, le génial et inénarrable Gabriel Voisin.

Seul un tourment affectif aussi bizarre qu'ancien, et non clairement défini au départ, avait pu pousser le Nain Jaune à tenter cette équipée invraisemblable. Il faut dire qu'il haïssait les voyages tout autant que moi-même.

La terrible frayeur du décollage passée, au-dessus de la Manche, perdu dans les boules de coton gris, mon père sombra dans une mélancolie anxieuse.

— Les souvenirs et leur classement affectif, irrationnel, tiennent dans notre cerveau une place mystérieuse...

A ce moment, turbulences et trou d'air !

— Ho là, servante, double scotch, if you please !

Puis la paix revenait et la méditation interrompue un moment le reprenait :

— Le caractère qui fait l'homme public et le politique est sans pouvoir sur le creuset où le poète mélange le temps et la durée pour en faire une image éphémère d'éternité... Tu m'écoutes ?

— Oui, papa.

Bruit affreux, et inconnu de mon père, sous le ventre de l'avion.

— Mademoiselle, j'ai le droit de savoir !

— On vient de sortir le train d'atterrissage. Nous allons nous poser. Veuillez éteindre votre cigarette.

— Impossible.

— Et attacher votre ceinture !

— Jamais.

Il jura qu'on ne l'y reprendrait plus, qu'il louerait un paquebot pour revenir, qu'il n'aurait aucune difficulté pour obtenir gain de cause, le cabotage de la Manche étant tout entier dans la main d'un baron de Rothschild de ses amis. Je lui suggérai alors de solliciter plus simplement deux billets par le truchement de l'agence Cook. L'idée lui déplut. Il n'aimait pas faire comme les autres.

A Londres, nous fîmes la queue une heure car un policeman empêchait l'accès aux taxis, au nom du civisme et du règlement qui voulaient que les « cabs » en attente sur cinq files ne puissent être occupés que par des passagers se présentant, eux, sur une file unique. De plus, il voulait séparer tout le monde pour éviter que deux inconnus ne partagent le prix d'une même course. Il fallut hurler notre lien de parenté pour qu'il consentît à ce que nous prenions le même véhicule.

L'antique tacot noir nous conduisit à travers des embouteillages en forme de labyrinthe vers une gare sinistre qui n'est pas la célèbre gare Victoria. Après la dure négociation des billets, nous prîmes un train insalubre qui craquait comme les jointures d'un très vieil arthritique. Après deux heures et des poussières, il nous déposa ahuris et transis, soixante kilomètres plus loin, dans un endroit horrible : Wolverhampton. Plus nous avancions vers l'intérieur du pays de Galles, plus le désespoir et l'incertitude nous gagnaient.

C'est dans ce fameux Wolverhampton que, après une heure à battre la semelle, nous embarquâmes à bord de l'autorail croulant. De départs en arrêts, de cahots en sursauts, deux autres heures plus tard nous découvrîmes la gare de Shrewsbury. Je ne l'oublierai pas.

A gauche du quai, un château féodal ; à droite, une prison de cauchemar, une bâtisse 1860 tout à fait semblable à ce que j'ai toujours imaginé de la fameuse geôle de Reading où fut incarcéré Oscar Wilde.

Le moral était à zéro, le thermomètre aussi. Il était trois heures de l'après-midi et le train qui devait nous emporter vers le terme de notre voyage, Welshpool, ne partait qu'une heure plus tard. De plus, il n'était pas à quai. Une manière de Pub-Buffet se présentait à nous. On entra. Le moins qui se puisse dire est que l'estaminet n'était pas vraiment gai. Au comptoir, quelques geôliers à gueules de bourreaux buvaient du thé au lait.

On s'assit face à face devant une table ancienne

renforcée de formica vert pistache. Une forte Galloise se porta vers nous. Moi qui ne parle que le français, je laissai le Nain Jaune dialoguer. Au bout d'un moment incertain, la matrone rejoignit les geôliers, et le Nain Jaune m'annonça triomphant :

— On va avoir de la bière et des œufs sur le plat.

On les eut ! La bière était comme le veulent le goût et la coutume de la contrée : non pas blonde, ni fraîche, mais caca et tiédasse. Quant aux œufs par eux-mêmes, ils me parurent âgés ! Ratatinés par une forte cuisson, sur une sorte de galette qui tenait lieu de pain, ils avaient un goût râpeux de vieux tweed revenu dans la sauce à la colle, dont je garde au palais l'arôme ineffaçable.

Avions-nous eu raison d'attaquer cette longue marche ? A Shrewsbury, devant la bière noire et les œufs calcinés, la question demeurait sans réponse.

Fallait-il donc que lui et moi fussions forgés et façonnés de la même folie, et unis à un point incroyable, pour avoir quitté le continent et nos occupations diverses et harassantes avec, pour unique but, celui de vérifier un souvenir de jeunesse du Nain Jaune.

Mais la jeunesse de mon père n'était-elle pas un peu la mienne ? Si, terriblement. Il m'a tant raconté sa vie qu'elle est devenue la mienne.

Le dernier train se présentait maintenant à quai. Il était composé d'une locomotive qui me parut être ni à vapeur, ni électrique, ni à mazout. Peut-être était-elle à pédales ? Il n'est pas impossible que son immense carcasse de tôle informe ait été remplie de galériens qui la faisaient marcher avec la force de leurs jambes ? Pour les hypothétiques voyageurs, deux wagons, très Maupassant. Ils étaient constitués de compartiments qui ne communiquaient pas les uns avec les autres, si ce n'est par un marchepied extérieur et une main courante en cuivre qui permettait de s'y tenir.

Contre toute attente, le Nain Jaune prit place avec plaisir sur la banquette surannée. Le convoi finit par s'ébranler doucement. Je ne voyais ni hommes, ni femmes, ni enfants, ni villages, ni maisons, ni contrôleurs, seulement une campagne qui me rappelait l'Ardèche tant elle était austère. Où allions-nous ? Qui étions-nous ? La bière lourde et chaude que nous avions absorbée nous faisait somnoler malgré le temps polaire.

Il y avait maintenant vingt-sept heures que nous avions quitté la Suisse, huit heures que nous étions au Royaume-Uni et six heures que nous avions quitté Londres... La vitre de la porte se baissa et un être humain se pencha à l'intérieur. C'était une sorte d'amiral qui ressemblait à Disraeli. Malgré la bourrasque, il demanda les billets et assura mon père que nous approchions de Welshpool !

Lecteurs éventuels et français, c'est en vous regardant au fond des yeux que je vous dis ici que je n'invente rien : Wolverhampton, Shrewsbury et Welshpool sont des noms et des villes qui existent !

Consultez des livres de géographie, vous verrez que je dis vrai.

Tac à tac, tac à tac faisaient les roues ovalisées passant d'un rail sur l'autre. Le Nain Jaune, yeux mi-clos, tapi au fond de son énorme manteau, faisait de grands silences comme on fait de la musique. Puis, il revenait à son idée première pour retarder le moment de parler des sentiments contradictoires qui le hantaient.

— C'est l'Occident, et lui tout seul, qui a inventé l'idée de liberté !

Comme il était beau, mon père, quand il avait ses rumeurs et ses idées. Elles étaient folles et raisonnables, à contre-courant de tout, et si parfaitement exactes. On pouvait bien lui porter la contradiction en tous points, mais on ne pouvait pas ne pas sentir que notre vieux monde côtoyait l'abîme et allait y tomber.

Welshpool ! Nous y étions ! Je descendis à regret, car au fond de moi j'avais espéré depuis le début que c'était un fantasme et non point un lieu réel.

Le train repartait. Le quai était désert. Le Nain Jaune me serrait fort le bras. Il ne voulait plus avancer. Le chef de gare se dit : En voilà deux qui ne sont pas d'ici. Il proposa même d'appeler le taxi du comté. Nous acceptâmes avec la gratitude du taureau et de la vache grimpant dans l'arche de Noé.

Le village était silencieux, les maisons basses et les habitants peu visibles. Au bout d'un long moment, une Austin d'avant-guerre, pilotée par la femme la plus laide d'Europe, stoppa devant nous. La chauffeuse de taxi avait dû perdre son rasoir : une barbe touffue, molle, blonde et saxonne occupait son menton en galoche. Dans un anglais mâtiné de patois guttural, elle nous demanda où nous espérions nous rendre.

— A la maison de Sarah Greenwood.

La barbue ouvrit une bouche hors d'usage et demanda :

— Elle vous attend ?

Mon père affirma que oui.

La chauffeuse agitait sous notre nez un paquet malodorant.

— Ça tombe bien, je lui apporte de la morue séchée !

Nous étions à l'arrière. Le taxi roulait bon train, et à gauche. Les montées succédaient aux descentes et vice versa. La route était large comme un chemin vicinal. Et, dans quelques instants, nous allions voir Sarah...

En 1924, mon père, étudiant pauvre, avait été reçu à Londres à l'Alliance française. Pour subsister, il avait donné des cours de français à une jeune star du muet : Sarah Greenwood. Sans doute étaient-ils tombés amoureux l'un de l'autre. La guerre, la vie, l'après-guerre étaient passées sur cette passion fugitive dont il ne restait dans notre maison de Vevey qu'un paquet de lettres au parfum suranné. Or, trois mois auparavant, ladite star du muet avait écrit à mon père. Elle était veuve d'un Suisse. Elle comptait sur le Nain Jaune pour régler ses affaires. Elle avait annoncé son arrivée, puis elle n'était pas venue. Le Nain Jaune s'était secrètement exaspéré. Quarante ans sans revoir une maîtresse ! Il avait là une ombre sur son passé qui avait fini par lui boucher le présent. Il fallait tirer cela au clair !

Le taxi cahotait devant la grille d'un petit château. Etait-ce là ?... Non point. On continuait.

— Crois-tu qu'elle m'ait trompé ?

Question stupéfiante, pharamineuse.

— Quarante ans, le cinéma, le théâtre, deux mariages... tu sais...

Il ne paraissait pas convaincu. Il me cachait quelque chose, un secret, une blessure. Je ne pouvais le questionner. Il fallait le laisser venir. Il sortit de sa poche une gourde de whisky, en but un coup pour se donner courage et me la passa à regret.

— Ses yeux, son sourire, ses jambes... immenses...

Et puis il articula tout bas, de manière presque inaudible, cette phrase inconcevable dans sa bouche et qui, me sembla-t-il, était un compliment :

— ... Salope !...

Je fus tellement surpris que je fis celui qui n'a pas entendu.

— Mais que viens-tu chercher ?

— Je l'ignore... Une émotion, une confirmation, une déception... Si c'est l'horreur, on repart tout de suite !

— Et si c'est pas l'horreur ?

— Elle a cinquante ans !

— Tu en as soixante-cinq.

— C'est vrai. Je suis affreux, je suis vieux, je suis moche. Si on faisait demi-tour ?... Oh là ! monsieur — je veux dire madame —, demi-tour !... Atrocity taxi ! to go to London !

Mais la barbue n'écoutait pas.

— Tu ne peux pas faire ça. Maintenant, elle nous attend.

— Moi, je crois que c'est mieux d'attendre que de voir arriver !

Le taxi roulait dans un petit chemin creux. Le Nain Jaune était hypernerveux. Il tentait de se rassurer.

— Elle a une ferme modèle. Elle élève des poulets qui ne sont pas en plastique. Elle boit du vrai lait de vache. Elle m'a écrit que ses œufs étaient de vrais œufs.

— Ah bon... retour à la nature ?

— Exactement.

— C'est bien.

— Tu crois ?... Elle était tellement belle, et douce...

Le taxi venait de stopper dans la cour d'une ferme naturaliste qui aurait fait honte à Zola. Même en basse Bretagne et même pour la télévision nous n'en possédons plus de semblable sur le sol français.

Tout d'abord, j'aperçus le volumineux derrière d'un vieux jardinier qui flottait dans une salopette plâtreuse. Il était penché en avant et sarclait et binait en soufflant la sorte de décharge publique qui donnait devant la ferme : foutue plate-bande !

Le Nain Jaune était sorti fébrilement. Il avait donné quelques livres à la chauffeuse en ajoutant : « Gardez tout. » Mais ce n'était pas assez. Elle réclama davantage et lui colla bien en main le paquet de morue avant de repartir illico !

— Sarah... Miss Sarah Greenwood, if you please ?

Le vieux jardinier se redressa et se tourna vers nous.

— Jean, Jean Jardin, mon vieux Jean !

C'était elle ! Elle marchait vers nous au milieu des détritus d'un pas arqué et balancé que ne donne que le roulis. Elle frottait ses mains sales sur la chemise à carreaux délavée qui abritait deux ombres, deux souvenirs de seins.

— Tu n'as vraiment pas changé, tu sais... c'est ton fils ?

J'expliquai que j'étais un des fils. Le Nain Jaune, lui, n'expliquait rien du tout. On entra dans une cuisine en ruine. Deux chats aux ventres gonflés comme des outres léchaient le beurre sur la table.

— Ne touchez pas les chats, ils sont remplis de vers, je viens de les purger.

La nuit tombait. Dehors, il faisait moins cinq, et dedans il devait faire moins.

— Je vous ai attendus pour souper... Ici, tout est nature !

Elle chassa les chats à coups d'assiette puis jeta sur la table un couvert hâtif.

— Jamais de viande, jamais d'alcool, jamais de café. Retour aux sources. Comment me trouves-tu ?

Mon père s'était affaissé sur une chaise branlante. Un courant d'air faisait bouger l'ampoule électrique jaune de crottes de mouches qui servait d'unique éclairage à la pièce.

— Retire ton manteau.

Il faisait signe que non. Elle poussait devant nous une cuvette d'émail.

— Blé cru germé, citron non traité, concombre avec la peau, lait caillé.

Elle nous lançait avec gaieté des cuillères de bois.

— Tu sais que j'anime un mouvement féministe. Tout l'argent de mon mari ira au fonds de soutien. Il faut que tu m'arranges cela.

Avant d'attaquer son auge, elle ferma les yeux et fit quelques respirations profondes de type yogagourou. Elle parlait bien le français — c'est tout ce qu'elle avait de bien. Le temps, le septième art, une vie de désordre ou peut-être de malheur avaient fait d'elle une créature d'un autre monde. Ses bras décharnés avaient l'aspect de deux os que supportaient des tendons noueux. Des veines énormes couraient tout autour de l'ensemble et se perdaient dans les mains déformées. Son visage, que j'avais vu ravissant sur des photos, n'était plus constitué que par un crâne tendu de peau jaunie. Les dents étaient peu nombreuses, les lèvres minces comme une fente de tirelire. Le sommet de son crâne était occupé par une perruque de laine inspirée des Muppets-Show, à moins qu'il ne s'agît simplement de cheveux d'origine non lavés depuis la fin de la guerre. Les yeux, rougis par le froid, la vieillesse, la carence de vitamines, surgissaient des orbites telles des boules de loto. Les paupières rétrécies ne devaient plus fermer depuis longtemps déjà. Et les oreilles ! Ah, elles étaient bien le modèle classique de celles de l'Anglaise moyenne — grandes, rouges, décollées, parcheminées, transparentes, pointues du haut, bizarrement grosses et lourdes du bas. Pour ma part, des oreilles de cette nature, je n'aurais pas osé les faire greffer sur mon chien s'il avait eu un accident.

— Vous vivez seule ici, madame ?

— Oui... Parfois j'ai la visite d'un prêtre défroqué qui désire se marier avec un séminariste dissident, et puis d'une prostituée allemande pour qui je travaille à l'élaboration d'un manifeste sur la nécessité de leur obtenir la Sécurité sociale... L'année dernière, j'ai caché deux mois des extrémistes japonais. Ils avaient tué leur mère au cours d'un long rituel qui a pour but la destruction de la cellule familiale... Très intéressant... Des types exquis... Et toi, que deviens-tu ?

Le Nain Jaune ne devenait rien. Il semblait pétrifié. Il ne bougeait plus du tout. Il tenait de sa main droite sa cuillère en bois qui trempait dans son infâme brouet. Juste à ce moment-là, et pour l'unique fois de ma vie, je vis mon père empaillé.

— En quarante ans, j'ignore, cher Jean, ce que sont devenues vos idées. Moi, je soutiens les Black Panthers. J'attends ici demain l'arrivée de l'assistante d'Angela Davis. C'est le Front de Libération du pays de Galles qui doit me l'amener à bon port... Vous connaissez le Front, un mouvement naissant, une antenne de l'I.R.A. !

Quelque part en ce pays celtique, une cloche lugubre résonna à l'écho dans ce massif ancien entaillé par de profondes vallées. La nuit, hideuse, sans lune, sans charité chrétienne, était tombée sur nous. Une pluie féroce s'abattit sur la maison. La cloche vibra encore. Etait-ce un temple, une houillère qui appelait les ouvriers tout au fond des galeries, le fantôme de Cromwell ou bien celui d'Hamlet ?

Sarah sourit comme on savait le faire, il y a fort

longtemps, à l'époque des martinets, des asiles à barreaux après la douche glacée.

— Pardonnez-moi mes gestes. Simple retour aux sources.

Elle plongea dans son bol les deux tenailles terreuses qui lui tenaient lieu de mains, et entreprit de s'en servir comme de couverts pour introduire dans sa bouche le magma diététique, la prise nutritionnelle qui devait assurer sa survie minimum.

En moins de temps qu'il n'en faut pour vomir, elle s'était calé dans le fourneau tout le contenu du bol. Commença alors une mastication baveuse et spasmodique qui avait dû trouver ses racines au Tibet.

Le vent et la pluie ne parvenaient pas à couvrir les effets sonores de ses succions. Sa bave se mêlait aux bruits incongrus émis par les chats ballonnés par les vers et la purge.

Le bout du monde, nous y étions.

Le Nain Jaune repoussa son écuelle, alluma une cigarette, repoussa son chapeau en arrière et, reprenant ses esprits, demanda doucement :

— Que s'est-il donc passé ?

Alors, prodigieuse métamorphose, retournement miracle. L'être de l'au-delà eut en guise de réponse un sourire enfantin, comme on en voit glisser sur les lèvres de certains angelots de la Renaissance italienne.

— Tu ne sais pas, mon fils John... Il était

aviateur... Les Allemands l'ont abattu en 1944 au-dessus de la Manche... Son avion a pris feu... L'eau et le feu...

Elle fixa un point quelque part dans la nuit, au-delà de la fenêtre qui lui faisait face, et répéta :

— L'eau et le feu...

La farce lugubre, la clownerie, l'absurde, le dérèglement de l'esprit avaient ici une cause majeure, la pire des tragédies pour toutes les vraies femmes : la perte d'un enfant assassiné par la guerre. D'un coup, tout bascula, tout était pardonné. Le Nain Jaune et moi-même ne pouvions plus rire en dedans. Nous nous faisions petits, nous avions envie de nous excuser. On mangeait la pitance, je ravivais le feu, mon père caressait les chats sans dégoût et évoquait l'Angleterre de 1924.

— Vous souvient-il ? A Calais, j'étais venu vous attendre. Vous êtes descendue du plus beau trois-mâts du monde, celui du prince de Galles...

Elle se souvenait. Ses rides disparaissaient, recouvertes un instant par une jeunesse ressurgie du fond des âges qui ravivait ses yeux.

La conversation prit du mouvement et même de la vitesse, comme une carriole qui dévale une côte. L'Anglaise oublia peu à peu ses régimes et sa vie marginale. Elle dégota dans un buffet un peu de vrai cognac qui nous chauffa le cœur. Elle n'était plus horrible, elle était seulement vieille, avec tout ce que cela peut comporter de richesse enfouie.

Le Nain Jaune avait rangé de côté cet esprit si féroce qui constituait le fer de lance de son caractère. Lui qui n'aimait que les mamans et les putains, il se fit doux et charmant. Il parla d'Angela Davis pour la première et la dernière fois de sa vie avec une belle fougue qui n'était pas du mensonge mais plutôt le baiser au lépreux.

Et Sarah Greenwood, pour cette soirée-là, redevint quelques heures la femme qu'elle avait été. Elle évoqua des films, des succès d'avant-guerre, la promenade des Anglais, un amant prestigieux, un Grec à ce qu'il semblait, qui portait toujours un bleuet à la boutonnière. Les chats puants, le froid, la campagne galloise, la vieillesse, le blé germé, le concombre cru non lavé, tout s'estompait au profit momentané d'un Eden retrouvé. Et le Nain Jaune parlait comme il savait le faire pour séduire, enjôler, caresser, fasciner. Sa vieille bouche si belle racontait des histoires remplies de musique et d'une joie d'avant-guerre qui était si prenante que l'on pouvait se demander s'il n'avait pas rêvé toute sa vie — où étaient donc passés ses chagrins, ses malheurs, sa vieillesse ? En scène, comme les acteurs, il ne souffrait plus de rien. Son verbe était souverain et son geste fulgurant.

Vers trois heures du matin, lui et moi couchâmes la vieille Anglaise dans un lit d'acajou. On la borda dans ses draps glacés et crasseux. Je lui baisai la main et mon papa le front. Ensuite, on souffla la chandelle et elle s'endormit comme les petits enfants sur des rêves d'avant.

Nous autres, on alla s'étendre devant la cheminée de la cuisine, transis dans nos manteaux. A six heures, pleins de bronchite mais toujours dans la tendresse, l'ancienne actrice nous servit un breuvage d'orge grillée et une platée de haricots blancs. A sept heures, la taxi barbue vint nous rechercher. Et puis, Welshpool, changement, Shrewsbury, changement, Wolverhampton, changement, Londres, avion, Paris, changement, Vevey en Suisse, dodo, bouillotte, médecin, aspirine, pénicilline, gargarisme, ventouses, cataplasme, kleenex, gros nez, yeux rouges, vin chaud, cannelle, flanelle, etc. Zouzou, qui nous soignait, ne cessait de demander :

— Mais où donc avez-vous été pour attraper une grippe pareille ?

Nous éludions et nous n'avons jamais répondu à cette question-là. Notre voyage au pays de Galles resta notre secret.

Quelques semaines plus tard, alors que j'étais revenu à Paris, et que tout mon temps était occupé à l'écriture du *Chat,* un film tiré d'un roman de Georges Simenon, le Nain Jaune m'appela et me demanda de passer le voir à l'hôtel Lapérouse où il venait d'arriver.

Il me reçut comme de coutume dans sa modeste suite du second étage, chambres 28 et 29. Il était seul, m'offrit un whisky, ce qu'il faisait rarement car il trouvait la mixture bonne pour lui et mauvaise pour moi, et puis il me tint un langage surprenant.

J'entre ici avec précaution dans le domaine réservé de ce que furent les passions de mon père. Et, si j'en parle, ce n'est pas pour dévoiler ce qui fut un fragment secret de sa vie, mais bien plutôt pour tenter d'éclairer ce qui tourmente les hommes au plus profond d'eux-mêmes.

— Mon vieux Plus, avec l'Anglaise, j'avais vingt ans et j'aurais pu pousser plus avant ce qui ne fut que quelques beaux jours... Oui, mais voilà. Une nuit, une idée effrayante me passa par la tête. Une idée... Sais-tu que, contrairement à ce que dit le commun, une idée, c'est rare...

Il écartait le voilage de son salon meublé en Napoléon-III 1910 et regardait la rue et l'hôtel Raphaël.

— Une idée, une idée de pauvre homme, la belle idée que d'avoir une idée... Généralement, quand nous sommes traversés d'une évidence, elle est terrible et meurtrière.

Il marchait, les yeux rivés sur ses pieds suivant les dessins de la moquette fantaisie usée par le temps.

— Ce que je vais te dire, un homme comme moi ne l'a jamais formulé, même pour lui... Je veux le faire pour t'éviter, si je le peux, que tu te trouves toi-même un jour devant une souffrance impossible à assumer.

L'essentiel était là, juste sous sa main qui déchirait l'air enfumé. Il ne savait par quel bout le prendre.

— Les hasards de la jeunesse, de l'appétit et de mes passions qui étaient encore plus inconséquentes que celles d'aujourd'hui firent qu'après quelques semaines Sarah rompit avec moi pour retomber vers son premier amour, un homme socialement fort, puissant, qui était d'une misogynie horrible. Des drames de l'enfance avaient fait qu'il avait haï sa mère et toutes les autres femmes par la suite. Sa maîtresse fidèle était la seule exception. Il s'accrochait à cet amour comme le noyé à sa bouée. Quand il apprit son inconduite, elle alla dans son esprit et dans ses sens rejoindre le troupeau des autres femmes. Sa jalousie, son amertume et sa violence étaient sans égales. Et pourtant, il l'aimait, et elle aussi l'aimait. J'appris de divers côtés que, s'ils revivaient ensemble, à cause de moi il la traitait comme la dernière des prostituées, qu'elle l'admettait, et que sans doute elle y trouvait son compte. Ma jalousie, mon dégoût, ma fascination n'avaient pas de borne. J'étais pauvre, il était riche. J'étais français et lui anglais. Je ne pouvais rien faire que souffrir en silence. Je rentrai de Londres brisé, le cœur en miettes, les sens agités de désirs haineux pour cette femme que j'avais perdue, et dont je savais qu'elle poursuivait sans moi et à cause de moi des ébats tumultueux avec un autre homme, et peut-être pas seulement avec lui. La culpabilité me minait et la misogynie de l'amant de ma maîtresse entra peu à peu en moi jusqu'à devenir complètement la mienne. C'est de là sans doute que naquit la jalousie morbide qui a gâté ma vie. De là, sans doute, m'est venu ce travers destructeur et vulgaire que je déteste chez les autres, je veux parler de ceux dont je suis quelque part, et qui traitent volontiers les femmes qui ont eu plusieurs amours de putains et de salopes. Ma tête, mon cœur et ma culture me disent que ce jugement absurde, détestable, est haïssable, et qu'il ne résout rien, mais la bête qui est en moi se repaît de cette idée haineuse...

Il resta un moment immobile, les mains dans le dos, parfaitement silencieux. Puis ses yeux firent tout le tour du décor et retombèrent sur moi.

— Je t'ai emmené au pays de Galles pour me délivrer d'une « jalousie générale » qui a étouffé mon existence, et nous y avons trouvé une vieille-enfant qui avait perdu le sien, et du même coup la raison. Je lui ai tout pardonné, mais je n'ai rien compris...

Le téléphone sonna. Le Nain Jaune le regarda un moment, décrocha et dit à la standardiste :

— Je ne suis pas là.

Il avait raccroché. Il avait une drôle de figure,

c'était peut-être la première fois de sa vie qu'il se racontait.

— Sarah Greenwood...

Il eut un petit sourire, de ceux que l'on s'adresse à soi-même, et puis il ajouta, distrait :

— Comme le temps passe...

XIII

LA CHAMBRE DU GÉNÉRAL

C'est au début de sa célèbre traversée du désert, vers les années 1946, je crois, que le général de Gaulle s'installa à l'hôtel Lapérouse quand il venait de Colombey. Avec quelques menus intermèdes, il y demeura jusqu'en 1958, date à laquelle il quitta cette résidence modeste pour le pouvoir et l'Elysée.

Ce petit palace 1900 situé à deux pas de l'Etoile, 40, rue Lapérouse, a vue sur le derrière de l'hôtel Raphaël qui, lui, hôtel de standing international, donne sur l'avenue Kléber. Quelques fidèles, Olivier Guichard, Jacques Soustelle et l'indispensable Georges Pompidou, qui servait à Colombey de cuisinier et à Paris de trésorier du R.P.F., venaient souvent visiter le général et encourager ses historiques espérances.

Il avait élu domicile au second étage, chambres 28 et 29, dans une suite composée d'une entrée minuscule, d'un petit salon, d'une chambre où il avait fait installer deux lits jumeaux de plus de deux mètres de long, et d'une salle de bains refaite en 1920 et qui était de mosaïques bleues. La légende veut que ce soit dans le petit salon de fausse boiserie, de couleur beige, avec les dessus de portes où étaient peints des angelots, que le général constitua son premier gouvernement en 1958.

Le Lapérouse, décor qui devait jouer un si grand rôle dans ma vie, était ce que je nommerai un hôtel de ville d'eau. Une porte tournante, superbe, faite d'acajou, de cuivre et de glaces biseautées, donnait sur un hall à plantes vertes flanqué d'un aquarium chauffé pour poissons exotiques. L'ascenseur était au fond, vers les commodités. Il marchait ou ne marchait pas. L'escalier en pierres blanches, cossu, façon Louis-XVI, donnait accès par cinquante marches au palier du second qui débouchait directement sur l'appartement historique. La salle à manger de l'établissement, vaste, démodée, vert passé, permettait de prendre des repas calmes, sinon frais. L'ensemble, situé à deux pas de l'ex-hôtel Majestic, contre la rue Jean-Giraudoux, me rappelait Vichy, Evian, Enghien, la guerre, une drôle de guerre, mon enfance.

Charles de Gaulle avait toujours été pour mon père la bête de l'Apocalypse : l'horreur, le dégoût.

Le seul général au monde qui avait gagné la guerre en désertant et qui, pour assurer son pouvoir, avait laissé condamner son chef de Verdun, Philippe Pétain, maréchal de France, celui qui avait refusé la réconciliation nationale en laissant ou faisant fusiller Pierre Laval. Bref, il le voyait pire qu'un Borgia, un géant idiot qu'il appelait l'hypophysaire, sous le prétexte qu'il souffrait d'un déséquilibre d'une glande appelée hypophyse. Il le nommait aussi le prostatique, ce qui se révéla vrai, le Géant des Flandres (nom donné aux immenses lapins de choux), le Grand Méchant Mou... J'en oublie.

Or, vers les années 1952-1953, sans qu'on puisse le soupçonner de la moindre hypocrisie, sans qu'il ait pu en tirer le plus petit profit personnel, le Nain Jaune fut touché par la grâce, et lui, l'ami de Pierre Laval, devint gaulliste, comme on devient chrétien. Je ne veux pas parler ici de ceux qui vont à la messe du dimanche, mais bien plutôt de ceux qui se font chartreux ou trappistes. Sa foi, sa conversion, comme souvent, ne s'était manifestée par aucun signe avant-coureur. Ses amis de toujours furent horrifiés et, pour la première fois de sa vie, il passa vraiment pour un traître. Mais rien, ni les remarques acerbes ni les critiques haineuses, ne le fit plus jamais dévier du goût qui l'avait pris pour ce monarque et pour son œuvre.

Les premiers livres du général, *Vers l'armée de métier, Le Fil de l'épée,* ses discours clefs, les premiers tomes de ses *Mémoires,* tout le détail et l'ensemble apparurent soudain au Nain Jaune comme le complément littéraire naturel à Chateaubriand. Pour ce qui concerne l'analyse et la synthèse politiques, il le rangea d'emblée à côté de César et de Bismarck.

Comme mon père n'avait jamais retourné ni sa veste ni encore moins son pantalon, comme il tenait à ses idées plus qu'à sa vie, qu'il les défendait avec âpreté et avec une dialectique hors pair, sa métamorphose, son virage de bord stupéfièrent les siens, ses amis, ses ennemis à un point ahurissant. Mais les plus ébaubis furent ceux de ses amis qui avaient été des résistants de la première heure.

— Savez-vous que Jardin est devenu gaulliste ? Il le cite en tous lieux. De plus, il le révère !

— Et le général ?

— Il l'ignore totalement !

— Alors, cela passera !

Cela n'est jamais passé. La vision que le général avait de l'histoire, et l'idée majeure, le plain-chant qu'il se faisait de la France, avaient conquis l'âme et les espérances enfuies de mon père. Il y retrouvait ses rêves humanistes, il se retrouvait. Et puis, il était amoureux du général. Il est mort en l'aimant. Ce n'est pas une plaisanterie. Il n'y a que les hommes à femmes pour éprouver des passions folles, non pas tellement pour un autre homme, mais plutôt pour ses idées et aussi pour son style et sa manière.

Mon père était de ceux qui avaient sauvé beaucoup de gens, mais qui s'étaient perdus eux-mêmes en ratant la vérité de l'Histoire. Les hommes survivent mieux à leurs chagrins d'amour qu'à la perte du pouvoir. Tous ceux qui en ont exercé une parcelle, avec les privilèges, les charges, les responsabilités que cela suppose, tous ceux-là, s'ils sont un jour écartés des affaires, ne s'en remettent jamais. Pour celui qui, comme moi, voit ces choses du pas de la porte, c'est un spectacle terrifiant, car tout se passe comme s'il y avait une abstraction qui dévore tout : l'exercice du pouvoir, et qu'en dehors de ce maître vice il n'y eût rien qu'un désert que ne peuvent peupler ni l'amour, ni l'argent, ni le jeu, ni rien. Tout est secondaire et subsidiaire au pouvoir pour celui qui en a détenu une partie.

Or, à la Libération, mon père avait été écarté de la chose publique. Il ne s'en est jamais remis. Peu de temps avant de disparaître, il m'avait écrit : « Au seuil d'une vie à la fois brillante et ratée... »

Ratée... ce qui m'apparaît encore comme la plus marginale des existences, la plus favorisée parmi les tempêtes, lui semblait à lui-même gâtée et gâchée. Pourquoi ? Parce qu'il n'avait plus la possibilité de servir l'Etat, et qu'il se rendait compte peu à peu que l'Etat était devenu de Gaulle.

Le général, sa dialectique souvent maurrasienne, son intolérance pourtant démocratique, sa réussite prodigieuse, solitaire, maintes fois plébiscitée et cependant engendrée par sa seule volonté, son goût de tout vouloir mais seulement pour les autres qu'il ne tolérait qu'au travers de l'idée qu'il se faisait de l'Homme, cela et tout le reste faisait que mon père se sentit bientôt son vassal.

Comme il n'était pas jaloux de l'éclat des autres, il en ressentit, à la fin, de la joie et de l'orgueil pour l'idée qu'il se faisait de l'art de gouverner, de la défense de notre territoire, de la sécurité de nos frontières, et de notre prestige. Au fond, de Gaulle avait réussi contre ses espérances ce dont il avait toujours rêvé pour lui-même et pour d'autres.

Il fallait que le Nain Jaune fût bigrement intelligent pour oser changer d'avis à ce point et à cette date. Les collaborateurs devenus gaullistes à la Libération ou juste avant, ou juste après, furent légion. Lui qui ne fit jamais l'objet d'aucune poursuite, à qui des possibilités de réintégration avaient été offertes dès 1945, et qui les avait refusées, devint donc gaulliste pour rien, pour le plaisir et pour l'amour, vers 1952 ou 1953 ! Pour adopter d'un coup une telle position, il fallait qu'il ne fût ni bourgeois, ni syndical, ni endoctriné, mais seulement totalement libéral.

En ces années-là, le président Antoine Pinay tenait le pouvoir et la Monnaie. Il était l'ami de mon père, qui participait ainsi dans le secret à certaines décisions.

Le général et le Nain Jaune occupaient donc de manière alternative l'appartement composé des chambres 28 et 29. Mon père, qui tenait à sa chambre, ne quittait pas Vevey sans avoir téléphoné pour s'assurer que le général était aux Deux-Eglises. De son côté, quand le général annonçait son arrivée, la direction de l'hôtel faisait mettre en place des lits de deux mètres vingt de long et, quand c'était le tour de mon père, on les retirait illico pour les remplacer par des petits lits de cuivre mieux appropriés à sa taille et à sa convenance. Le ballet des lits causait bien du remue-ménage dans l'hôtel et, les visiteurs du général étant souvent les mêmes que ceux de mon père, ces derniers s'étonnaient de ces changements de mobilier.

Un jour, cependant, malgré toutes les précautions prises par mon père, il se retrouva à l'hôtel en même temps que le général, qui occupait « sa chambre ». Le Nain Jaune dut accepter un autre appartement.

Le soir même, le géant de l'Histoire et le petit homme des ténèbres se retrouvèrent côte à côte à attendre l'ascenseur.

— Après vous, mon général.

— Non, après vous, monsieur.

— Je n'en ferai rien.

— Je vous en prie.

— Et moi de même.

— Je monte à pied.

— Montons ensemble.

D'après un témoin oculaire, l'éditeur Bernard de Fallois qui était venu ce soir-là parler avec mon père du lancement d'un quotidien qui ne vécut que cent jours, *Le Temps de Paris*, les salamalecs devant la porte de l'ascenseur furent d'une courtoisie byzantine et sans fin.

L'appartement du Grand et du Petit avait ceci de particulier : il était truffé de micros. Il y en avait dans la pomme de douche de la salle de bains, derrière les peintures qui ornaient les dessus de portes, dans le système d'éclairage du dressing-room, dans le téléphone, sur la ligne elle-même qui grésillait abondamment, dans les lits, derrière les grilles qui masquaient les radiateurs, sous les appuie-fenêtres, dans les pots de fleurs. J'ai même un jour trouvé un objet métallique complexe, qui devait faire partie du système d'écoute, en réparant la chasse d'eau de la salle de bains. C'est ainsi qu'en fouinant j'ai fait connaissance avec tous les modèles : vieux micros noirs à fils, petite boîte aimantée, sorte de grosse balle molle fichée dans l'intérieur des murs, sûrement à l'aide de pistolets pneumatiques adéquats ou bien d'une perceuse.

Tous ces appareils étaient-ils reliés au même central ? Sûrement pas. Le général et le Nain Jaune devaient être écoutés par la police et les polices. Le général devait aussi être surveillé par l'Opposition et peut-être par ses collaborateurs. Quant à mon père, il devait intéresser le contre-espionnage, les impôts, les Russes, la C.I.A., les multinationales. Que d'écoutes !

De plus, il devait se produire de fréquentes confusions.

En effet, quand le général recevait le lundi Olivier Guichard ou Couve de Murville, et que mon père, lui, les recevait le jeudi, « l'écouteur en chef » ne devait plus savoir qui était qui, ni qui parlait à qui, ni de quoi !

L'imbroglio dura jusqu'à la terrible secousse de 1958 où le général partit pour l'Elysée, et où le Nain Jaune put enfin avoir sa chambre pour lui tout seul.

Parfois, quand mes finances me le permettaient et que j'avais en route un film difficile à écrire, je louais moi aussi une chambre au Lapérouse afin de m'isoler.

Parfois, ma chambre communiquait avec l'appartement du Nain Jaune.

Parfois, il s'ensuivait de curieux impromptus.

Un jour où justement nous étions contigus, mon père fit irruption. Heureusement j'étais seul, car lui était hirsute, et vêtu de son tricot d'intimité, un vieux cachemire percé de partout et constellé de brûlures de cigarettes. Négligeant mes travaux (j'étais occupé à rédiger une scène de patriarche bien tassé, et solidement envoyée, à l'attention de Jean Gabin), il me demanda de l'accompagner en Suisse pour le week-end. Zouzou était chez sa mère, il se sentait souffrant et voulait éviter de prendre le train tout seul. Je lui expliquai que je ne pouvais pas, car notre premier tour de manivelle avait lieu lundi, que nous étions jeudi et que je devais terminer le scénario et le lire irrévocablement dimanche matin au producteur.

— Quoi, le dimanche ! Tu te laisses manipuler par des affairistes sans scrupules !

— Mais c'est que je n'ai pas terminé, je suis sous contrat et...

— Foutaises de capitaliste dénué de capitaux !

Il sortit en colère en claquant la porte. Dix minutes plus tard, arrivèrent le metteur en scène qui travaillait avec moi, et notre producteur, homme au demeurant tout à fait charmant... On boit un verre, je lis ma scène, on la critique. Je promets des modifications. Vlan ! La porte de communication s'ouvre à la volée. Mon père apparaît avec son vieux tricot, un cigare dans le bec, ses lunettes en équilibre sur la pointe du nez et son chapeau sur la tête. Il prétendait que c'est toujours par la tête, et non par les pieds, que l'on attrape la grippe !

Stupeur générale.

Le Nain Jaune, dont la colère avait monté

comme du lait dans la chambre voisine, ne voit même pas que je suis, comme disent les cadres, en réunion. Il tonne à mon intention :

— Je maintiens : tu te laisses manipuler. Comme un guignol du jeudi ! Je maintiens : racaille à traiter de haut ! Je maintiens : capitaliste sans capitaux !

Il ressort et claque la porte.

Je n'ai même pas tenté de faire comprendre au malheureux producteur qui était cette apparition, qui était le Nain Jaune et pourquoi j'étais dans cet hôtel avec mon papa, pourquoi il avait cette dégaine et la raison de son discours.

— Qui est cet homme ?

Saisi d'une lâcheté folle, je finis par bredouiller :

— Je ne sais pas.

— Comment, vous ne savez pas ! Poussez le verrou, appelez le concierge, vous êtes client, vous avez des droits !

Des droits... des droits... S'il avait su...

Et plus le temps passait, plus le Nain Jaune transformait l'appartement gaullien en la chambre des enfants terribles de Jean Cocteau. Il y apporta ses livres, son radiateur électrique, fit installer la télévision, arrosa fortement le chef pour que les repas servis dans son petit salon soient décents. Il entassa dans le dressing-room des cartons à chapeaux et à chaussures où il dissimulait les secrets d'Etat, les vieux bouts de ficelle, les brosses à chaussures anglaises, et un cirage privé que lui livrait dans des pots à confiture le cireur du passage du Lido.

On agrandit le logement en louant une autre chambre communiquant avec l'appartement, et qui fut dévolue à Zouzou. Les habitués avaient leurs jours et leurs heures. Certains grands barons du gaullisme avaient des repas codifiés, les uns le lundi à midi, les autres le jeudi à dîner. Entre-temps, ce que j'appellerai les hommes d'affaires défilaient au rythme enlevé des patients dans un dispensaire.

Dans les quelques moments de temps mort, mon père écrivait des lettres à ses amis. Pour ce faire, il se tenait debout, courbé sur un petit secrétaire — cette position était, paraît-il, la moins douloureuse pour son dos. J'ai retrouvé celle-ci, datée de l'hôtel Lapérouse, adressée à l'écrivain Emmanuel Berl.

Berl habitait avec sa femme, la chanteuse Mireille, dans un appartement du Palais-Royal. L'idée de téléphoner ou de prendre un taxi ne serait jamais venue au Nain Jaune. Il traitait les problèmes graves par lettre, attendait les réponses, puis organisait un déjeuner pour clôturer, poursuivre ou faire rebondir le débat.

Le texte qui suit, et qui est de septembre 1967, me paraît être typique de la correspondance de mon père. On y retrouve sa passion naturelle, son goût de la vérité des faits, étayé sur des renseignements de première main, une grande précision sur les dates, les noms et les lieux, bref, quelque chose entre Giraudoux et le super-préfet, Stendhal et Vidocq.

Cher ami,

Les mémoires de Malraux vont paraître. Je ne les ai pas encore. Je n'en sais que ce que publie L'Express.

Saviez-vous que Malraux avait été arrêté à la Santé (alors allemande) au début de 1944 ? Je l'ai appris avec beaucoup d'étonnement. Voici comment.

A cette date, X..., en rupture avec le P.P.F., se cachait plus ou moins chez des amis, rue Barbet-de-Jouy. Drieu, en voisin, venait le voir presque tous les soirs. Un jour, il arriva en déclarant : « Malraux va certainement être condamné à mort. Une seule chose peut le sauver, c'est un certificat médical déclarant que sa femme est enceinte. Voici ce certificat. Je veux absolument sauver Malraux mais je ne veux pas être dans le coup. D'ailleurs, pour moi, tout est fini. Mais toi, tu vas te débrouiller pour lui faire parvenir ce certificat et le sauver. Cela pourra même un jour t'être utile. » X..., presque clandestin et qui ne pouvait agir lui-même, alla trouver Barthélémy, lieutenant de Doriot au P.P.F., avec qui il avait gardé des relations personnelles. Celui-ci chargea de l'affaire le colonel B. Ce personnage mérite d'être situé — c'était un vrai traître, une cinquième colonne véritable. Les Français qui l'avaient connu, avant la guerre, cavalier et je crois même lieutenant de cavalerie française à Epinal le retrouvèrent sous l'Occupation colonel allemand. Sa situation personnelle était si considérable qu'il fut, paraît-il, un moment, représentant personnel de Hitler à Vichy. Ceux qui l'ont approché notent que, en dépit de la réputation que vous devinez, il était féru de littérature française et montrait, dans ce domaine, la culture la plus étendue et le goût le plus raffiné.

B. accepta de porter lui-même le certificat à Malraux et resta quatre heures dans la cellule de celui-ci à parler littérature. Malraux fut sauvé et, bientôt, reprit le maquis...

Vous voyez, à l'hôtel Lapérouse, il se traitait de tous les sujets, de mes films avec Jean Gabin, des emprunts du président Pinay, des promotions des plus hauts fonctionnaires, des affaires d'amour des hommes politiques, des affaires politiques des femmes amoureuses, des causeries philosophiques de ma mère devant l'aquarium en compagnie du philosophe Gustave Thibon, des entreprises financières du philosophe Raymond Abellio, des répétitions du *Neveu de Rameau* (Pierre Fresnay vint en faire la première lecture scénique dans le salon de mon père), de la rééducation de la jambe de Zouzou, des premières amours de ma fille Nathalie, du cancer de la peau du portier, monsieur Albert, qui après avoir consulté toute la faculté, puis mon père, guérit l'horrible bubon qui dévorait son menton avec de l'eau vinaigrée, de mon premier divorce, de mon second mariage, de tout, de rien, de haute politique, de mort et de chanson.

Les révolutions de 1958 et de 1968 y furent suivies en direct du petit salon, à la télé, avec pour spectateurs les plus grands artisans de l'Opposition et des gouvernements qui suivirent. Le Nain Jaune était réellement le conciliateur de l'inconciliable.

L'hôtel Lapérouse a fermé, puis rouvert. Il est devenu une sorte de petit Hilton contenu dans une vieille façade. Il reste la carcasse, ce n'est plus qu'un décor où je fus souvent invité, et où j'ai toujours refusé de me rendre.

Je ne suis pas grand amateur de messes, et je ne visite pas volontiers les tombes de ceux que j'aime. Cet hôtel de ma jeunesse perdue, de la plage de mes rêves, est situé à deux pas de tous les bureaux du cinéma français. Cent fois l'an, je passe devant lui. Cent fois, j'aurais pu m'y arrêter et jeter un coup d'œil. Jamais je ne l'ai fait. Ce n'est pas que je me préserve, je ne l'ai jamais fait. Mais je me garde.

Je l'ai déjà dit, mon père était mon roi. Tout ce qui le toucha garde à mes yeux le privilège enchanté du rêve. Cet hôtel fut sa dernière maison française, sa plaque tournante, et le dernier tremplin d'où il sauta si haut.

Au fond, le Lapérouse est un peu comme la cabine n° 152 à Deauville. Je n'aime pas en voir la porte car j'ai peur qu'il en sorte.

XIV

LE BOUT D'UN JARDIN

A l'origine d'un arbre généalogique sans grandeur, tirebouchonné et plein de trous, force m'est de reconnaître que je tiens mon nom d'une femme.

En effet, d'après les registres ecclésiastiques de Saint-Marc-de-Fresne, petite commune proche du village de Broglie, un nommé Adrien, rubanier de son état, qui mourut en 1773, un an avant Louis XV, était le fils naturel d'une femme non mariée appelée Catherine Jardin. Affaire ténébreuse et moralement douteuse pour l'époque. Après, ensuite, des paysans, des paysans, des paysans, des tout petits, des sans gloire, des glaneurs, des ramasseurs de fagotins, des brûleurs de feuilles mortes, des sarcleurs, des bineurs, des courbés sur l'ouvrage, des journaliers toujours à travailler pour autrui... Morne plaine, pauvres et tristes ancêtres.

Soudain, 1840, promotion sociale. Mon arrière-grand-père, Honoré-Marie Jardin, accède au rang capital de coutelier, ayant pignon sur rue à Bernay.

D'après le Nain Jaune, c'était un type tout à fait formidable. D'un caractère exquis et d'humeur solitaire. Il fabriquait lui-même les articles qu'il vendait, canifs à manche de cornes polies à la meule de chiffons de soie, pinces à arracher les dents, même les grosses, de sagesse, ciseaux à ongles, à poils de nez, et de tailleur, sécateurs à couper les roses sans qu'elles tombent par terre grâce à un système qui enserrait la tige après l'avoir coupée, et, enfin et surtout, il jouissait de la considération exceptionnelle des coiffeurs et barbiers de toute la province puisqu'il affûtait les rasoirs à manche si près du fil et de la perfection qu'il était devenu l'aiguiseur attitré de la cour de Danemark. Seule ombre sur cette réussite et cette vie exemplaire en tous points : sa femme, une horrible rombière qui le martyrisait. Pour ce faire, elle le contrait dans sa passion suprême, la musique.

En effet, Honoré-Marie était fin violoniste. Sa femme haïssait toutes formes de bruits, même ceux inventés par Mozart. Le pauvre homme en avait donc été réduit peu à peu à ne plus jouer de son instrument que seul, à la chandelle, dans son grenier.

Mais le fait qu'il jouât la nuit dans son galetas

pour un public de chauves-souris ne suffisait pas à la mégère. Dès les premières notes, c'était les glapissements et puis les invectives. Alors, l'inventeur inventa : il mit au point un double système de sourdine, le premier sur l'archet, le second sur le violon, et réussit à rendre son instrument entièrement muet. Musicien du silence, il rêvait d'une musique qu'il jouait avec ferveur, mais n'entendait jamais.

Est-ce la raison qui fit que son fils, mon grand-père, mourut sourd ? Non !

Né en 1875, le père de papa, patron distrait et incontesté du magasin : « Jardin-Nouveautés », 50, rue d'Alençon, à Bernay, qui habillait à dix lieues à la ronde la femme et puis l'enfant sans compter le vieillard, s'éteignit dans son lit au-dessus de sa boutique le 21 décembre 1950. J'avais seize ans. Comme il mourut âgé et sourd, l'enfant que je venais à peine de cesser d'être n'avait jamais rien compris à cet homme qui ne l'entendait pas. C'est donc face à sa mort toute fraîche projetée sur le visage bouleversé de mon père que je réalisai la tragédie qui venait d'avoir lieu.

L'adolescence ne voit ni la maladie ni la mort qui s'approche. Elle a trop à faire avec la vie qui vient. Je n'échappais pas à cette règle commune, ni à cette inconscience générale, qui veut que le semeur ne voit pas la moisson dans l'instant de son travail. Ce sont pourtant les mêmes, les vieux et les enfants, mais il faut toute une vie pour s'en apercevoir.

En ces jours qui précédaient le Noël de l'année 1950, je savais que mon grand-père était atteint d'un mal effroyable depuis de nombreuses années. Je savais également que la médecine d'alors ne savait pas le soigner.

Il se tassait, il rapetissait, sa tête rentrait dans ses épaules, son buste se déformait, les poumons comprimaient le cœur, sa cage thoracique était peu à peu devenue celle de Polichinelle, sa tête elle-même avait perdu de sa propre hauteur, déformant sa mâchoire et le reste, et le plongeant, par d'abominables compressions nerveuses, dans le silence et les ténèbres.

Oui, je savais tout cela, comme on sait à seize ans. Je regardais ailleurs, je n'y pensais pas trop. Et puis, un matin glacial, dans le cimetière de l'église Notre-Dame-de-la-Couture à Bernay, j'ai vu mon père. Il regardait descendre son propre père dans la terre toute fraîche et fumante. L'homme qui venait de mourir, et qui à quarante ans mesurait un mètre soixante-dix-huit, on l'enterrait maintenant dans un cercueil d'enfant.

Le Nain Jaune pleurait ce père qu'il avait aimé. Il le pleurait également comme on pleure un enfant, et puis aussi sa propre disgrâce, sa propre douleur d'être petit, la peur d'une corrélation de malheurs, d'une fin semblable pour lui ou pour l'un de ses fils. S'il n'est pas tombé dans le trou, c'est que mon frère et moi nous l'avons retenu.

Et aujourd'hui, trente ans plus tard, je me rends compte que, si je n'ai pas aimé enfant mon grand-père sourd commerçant à Bernay, c'est parce que mon père avait oublié de me dire que lui, il l'aimait. Il me manquait une information capitale sur le droit à aimer ou à ne pas aimer.

Je pensais dans l'enfance que mon pépé de Bernay n'avait rien, et n'avait jamais rien entrepris pour provoquer l'admiration du Nain Jaune, qui aurait voulu être le fils d'un duc, d'un géant, d'un maître de forges, d'un maréchal, d'un condottiere !

Dans ma tête de malin, toujours prête à prévoir, à devancer, à encourager les mauvais travers et les défauts de mes aînés, j'en avais conclu que sans le dire, sous le manteau, mon père avait honte du sien.

Aimant le Nain Jaune pour sa force et sa vitalité sans mesure, j'ignorais que lui-même pût aimer son propre père surtout pour ses faiblesses. C'est plus tard, par bribes et par morceaux, que j'appris qu'il ne lui tenait rancune de rien : ni de sa propre enfance malaisée, ni de sa vie de pensionnaire loin de sa maison natale, ni de la fameuse grippe espagnole mal ou à peine soignée pendant la Grande Guerre, et qui devait en fin de compte lui voler plus de dix centimètres de sa taille. Et puis, le fameux magasin avait fait deux fois faillite. Le Nain Jaune avait réglé toutes les dettes. Cela lui avait pris des années et, ayant à peine terminé, il avait dû recommencer. Jamais il ne m'en a parlé, jamais il ne s'est plaint. Une fois seulement, il m'avait dit dans un sourire :

— Ton grand-père était un foutu poète. Il confondait chiffre d'affaires et bénéfices.

— C'est grave ?

— Mais non. Ça fait seulement des trous dans des petits livres de comptes que personne ne lit...

Il n'aimait se souvenir que de la jeunesse de son père... des vacances inoubliables à Etretat... un voyage à Paris, avec un déjeuner de roi à l'hôtel Terminus Saint-Lazare... Des promenades dans les monts au-dessus de Bernay, une excursion à Trouville : chapeaux de paille canotiers, crevettes chaudes et cidre bouché. Les récits fragmentaires que le Nain Jaune me fit sur son père durant sa propre vieillesse étaient empreints d'une douceur rare. C'était un chapitre à part, rattaché à un univers qui précéda et vécut la Grande Guerre, et qui ensuite changea le monde, ses mœurs et ses coutumes.

Quand il parlait de ce sujet, il n'était plus le même. Point d'ambition, point de snobisme, point de rancune, et surtout jamais une parcelle de honte. Seulement de la souffrance de n'avoir pas su préserver davantage un père qui dans sa vieillesse était devenu son fils. Il lui pardonnait tout. Mais pas comme à quelqu'un que l'on considère moins capable que soi-même. Il lui pardonnait comme on pardonne au soleil, à la lune endormie, et à l'amour lui-même, qui nous fait tant souffrir.

Quand la première pelletée des fossoyeurs rougeauds tomba sur le cercueil, je sentis qu'il fallait emmener mon père. C'est alors seulement que je sentis une rumeur, et que je découvris que je n'avais rien vu auparavant : les amis, la famille, des cousins, des cousines, un moine bénédictin, d'anciennes demoiselles du magasin, dont l'une avait longtemps travaillé en devanture, sur une petite machine à remailler les bas de soie... Les cousins paysans venus du plateau du Neubourg étaient en nombre et en force. Je ne les connaissais pas. Ils me parurent dans leur ensemble sortir du fond des temps et des âges. Cousins Boisson, Racine, Corneille, Dulac, Vivier, Duchesne, Dubois, Deplanche, Dufresne, Girondeau, Marcasset, Rambourg. Toute une troupe compacte et homogène. L'un d'eux, le chef, portait une redingote olivâtre qu'il devait tenir de famille. Il avait un visage blanc, fardé par le feu du rasoir du matin, et le premier calvados. Il ne lui restait que deux dents qui conféraient à sa physionomie une tête de lapin mâtiné de renard.

— Salut cousin.

— Salut cousin.

Echange de poignées de mains vigoureuses et calleuses.

— C'est un grand malheur, mon gars. J'ai amené deux poulets. Montre-les voir, Maurice.

Debout derrière son père, un jeune, chic habillé

lui aussi, montait sur une tombe pour faire voir à la compagnie les deux volatiles qu'il tenait par les pattes, et qui caquetaient si fort qu'ils s'en plumaient tout seuls.

Le curé achevait une oraison hâtive, et cela en dépit d'un métrage considérable de boudin qui passait maintenant de mains en mains tel un gros serpent noir.

Le mouvement nous portait vers la sacristie. Il était soudain un peu gai et un peu houleux. Des gamins jouaient à saute-mouton sur une pierre tombale. Sans même ralentir sa marche, le vieux curé les chassait à coups de goupillon. Je donnais le bras à ma mère. Plus loin, mon père, lui, était encadré par mon frère aîné et un de ses amis d'enfance, officier de marine. Sur mes talons, un colosse, journaliste à *Paris-Match,* amoureux de ma tante, de ma petite amie, de ma mère, et de moi-même. C'était un fou magnifique, qui était venu là contre ma volonté car il était grand amateur de messes, de stupéfiants et d'émotions diverses.

Dans la sacristie, le vieux prêtre but un coup de vin, puis tendit le ciboire à mon père qui était très pâle.

— Tiens, mon garçon, force un peu sur le précieux sang !

Celui du Christ, sous-entendu. C'est brisé, titubant d'émotion, que le Nain Jaune but le fils de Dieu qui était ce jour-là une infâme piquette. Et puis, nous partîmes tous pour la maison familiale. On se retrouva bientôt à soixante-dix ou quatre-vingts dans le magasin « Jardin-Nouveautés ».

C'était un local de plus de vingt mètres, avec un côté pour la confection et l'autre pourvu d'un grand comptoir pour y dérouler les pièces d'étoffe. Le lieu prenait jour par deux belles devantures à estrades vitrées, où trônaient des mannequins de celluloïde avec des yeux de porcelaine. Des tables furent improvisées et dressées sur des tréteaux avec des planches et des rallonges. Les femmes de toutes conditions, ma mère, la sœur de mon père, ma grand-mère, la femme de l'officier de marine, Tata de La Rochelle, sœur de ma mère, quelques comtesses normandes amies de mon père, la femme de l'ambassadeur de France à Bucarest, les innombrables cousines Boisson, Racine, Dulac, Corneille, Vivier, Duchesne, Dubois, Deplanche, Dufresne, Girondeau, Marcasset et Rambourg disparurent vers la vaste cuisine du premier étage pour préparer au pied levé un banquet. On dépêcha des gamins à la boulangerie, d'autres à la charcuterie d'en face, car le boudin était insuffisant, d'autres chez le fromager. Dans la cour, derrière le magasin, une sorte de Bécassine tranchait la tête des deux poulets avec une hache sur un billot destiné à débiter de l'allume-feu.

Mon frère Simon et moi-même, aidés de quelques jeunes cousins à la mode de Bretagne, que je n'avais jamais vus et que je n'ai jamais revus, on fit la chaîne entre la cave et le magasin pour approvisionner la compagnie en bordeaux, bourgogne, muscadet, cidre bouché, calvados et champagne.

Deux heures plus tard, le magasin était chauffé à blanc. Mon père riait de souvenirs d'enfance au travers de ses larmes. Le curé chantonnait pour lui-même un cantique oublié. Les femmes, qui s'étaient mises à l'aise, passaient les plats. Dieu, que ma mère était belle à cette époque-là ! Le journaliste de *Paris-Match* racontait à deux herbagers à casquette ébaubis pourquoi il était le fils de son oncle, et comment sa sœur, une vraie fille du Périgord noir, avait été la maîtresse d'un S.S. à Cahors, et comment elle avait péri à la Libération, violée de part en part sur le socle d'une charrue par des résistants fort à cheval sur l'honneur.

Tout le monde s'était goinfré. Tout le monde avait bien bu, trop bu. Une chaleur animale, une buée d'étable montait de la fumée, et de tous ces gens qui parlaient chacun pour soi, et qui ne communiaient les uns avec les autres que par l'émotion rituelle de ce mort en commun.

De la place où j'étais assis, je voyais une devanture et, au travers d'elle, la rue gelée. Des passants s'arrêtaient, surpris, jetaient un coup d'œil à « la noce », et puis ils poursuivaient et je ne les voyais plus.

Mon père, qui en toute situation tenait son

auditoire, fumait maintenant en se taisant. Il regardait sa mère qui s'activait sans cesse, et puis le magasin où il avait grandi, et puis tous ces gens qui pour lui évoquaient d'une manière ou d'une autre un morceau de son enfance. Tout le monde lui parlait. Il ne répondait plus. Il souriait seulement, et brutalement, à le revoir par imagination à cet instant-là, superposition de couleurs, d'images, de lieux et d'émotions : lui en 1939 arpentant les planches de Trouville avec un canotier sur la tête, dans sa main droite une canne très fine avec laquelle il faisait des moulinets aussi beaux que ceux du music-hall... Lui et moi pendant la guerre à Evreux, une nuit où la maison était bondée de blessés à la suite d'un bombardement. Nous étions dans le même lit. Il me caressait le front pour m'endormir, et murmurait tout bas :

— Oui, il est beau ce père et il n'aime que son père... oui, il est beau ce père...

Comme il était courageux, fragile, émouvant et cependant très snob. Il paraît que, petit, il l'était déjà terriblement. Il faut dire qu'il lisait Paul Bourget... Le bord du lac, Vevey en Suisse, l'été, les années soixante. Le Nain Jaune avait convié le comte de Paris, son épouse et leurs enfants à venir se baigner. La famille de France, onze enfants plus deux parents, égale treize ! Sur le coup de quatre heures, l'héritier éventuel au trône de France, son épouse la comtesse de Paris sortirent d'une énorme limousine fort âgée, avec la totalité de leur progéniture. Je n'avais jamais vu autant de princes et de princesses d'un seul coup.

Ma mère avait préparé au bord de l'eau une collation copieuse. Telles des sauterelles, les joyeux Capétiens n'en firent qu'une bouchée. Il faut dire qu'ils étaient extrêmement gais, ce qui est toujours rare dans les réunions de famille. En moins de temps qu'il ne faut pour le faire, ils furent en maillot de bain. Papa, qui craignait l'eau, se tenait aux rames dans la barque qui était amarrée dans le port. Ils voulurent tous y prendre place en même temps... Naufrage. Il n'y avait que cinquante centimètres d'eau. Seul le Nain Jaune faillit périr, car tout le monde voulait le sauver en même temps... Papa, je t'aime, tu sais...

A Bernay, la réunion mortuaire commencée le matin dans l'horreur et la confusion des gens, et de familles qui ne se connaissaient pas, s'achevait en symphonie. Parce qu'il y avait eu mort d'homme, il y avait eu rencontre et, la majorité des gens présents appartenant encore à la paysannerie, il y avait eu fête, la même que pour les baptêmes, les mariages et les décès, qui ne sont, somme toute, que les mêmes maillons de la même chaîne.

C'était très beau de voir comment la vulgarité brutale et timide du début, avec poulets vivants, boudin au mètre et plaisanteries finaudes, s'était peu à peu transmuée en un acte rituel.

C'est Bernanos qui a écrit : « La médiocrité est

trop compliquée pour nous. » Je crois qu'il voulait parler du moment où n'importe qui atteint à la grandeur.

Le bout de ce Jardin-là fut pour moi le banquet du soldat inconnu, la mort de personne, celle des autres, la préfiguration de la fin de mon père, de la mienne propre.

C'est un grand privilège, au regard intérieur de notre mémoire, que l'instant d'exception qui met en une seconde hier, aujourd'hui et demain sur le même plan, dans l'émotion parfaite du temps enfin retrouvé.

Je revois le visage du Nain Jaune mettant son père en terre dans son cercueil d'enfant. Pour lui, c'était sa première mort, mais ce n'était pas la sienne. Le moment exact où je sus que mon père allait me quitter, c'était il y a quatre ans.

J'ai regardé de tous mes yeux et de tout mon cœur. Je voulais savoir quelle forme cela prendrait, un jour, pour moi, quand la main invisible se poserait à son tour sur mon épaule.

On comprend rarement les choses dans l'instant. Quand je me suis aperçu de ma découverte, j'étais seul à la campagne. Ce matin-là, je regardais la bête que j'avais coutume de guetter et d'admirer sur la plus haute branche. C'était un oiseau de proie au regard gris-bleu. L'immense tilleul bicentenaire avait plus de trente mètres. L'hiver l'avait dépouillé. L'oiseau prodigieux contemplait la campagne en ignorant le froid. Quand il ouvrit ses ailes d'un mouvement souverain, et monta vers le ciel dans une courbe circulaire qui prenait point d'appui sur des vents ascendants, je sentis alors comme une buée de larmes qui me montait du cœur. J'étais tellement sur terre et si peu dans le ciel. Mon père s'éloignait sans retour. J'étais le seul à le savoir. Les faits : Deauville quelques jours plus tôt. La fin de l'été. Un soir au casino. Accompagné d'une femme plus que chère à mon cœur, je voyais mon père au bras de sa fidèle Zouzou. Il ne reconnaissait plus les gens. Il croisait ses amis sans les voir. Il était absent de lui-même.

J'ai déjà dit dans *Le Nain Jaune*, et je voudrais redire ici cette impression fugitive, et cependant ineffaçable, que nous jette le regard de ceux que la vie tout à coup ne retient plus, n'amuse plus.

J'ai aussi témoigné ailleurs de cette pensée familière qui enrobait tout son être : « Les vrais hommes ne meurent que de chagrin... » Bien sûr, il ne parlait pas de la guerre qui frappe tout le monde et à toute heure. Il voulait dire que dans la paix, et dans l'âge fort de l'homme, les cancers, les infarctus, les accidents de chasse et de voiture ne sont que nos alibis pour prendre la porte au plus vite.

Je l'ai vu entrouvrir la grande porte, avec des

gestes si furtifs, et si discrets, que ses amis et sa famille ne s'en aperçurent pas.

C'était le bout d'un second Jardin, le plus important, le plus vaste, le plus cultivé, le plus aimable, celui dont les murs invisibles protégeaient le mieux ses fleurs et ses secrets.

Plus le temps passe, et moins je m'habitue. Plus mes fils poussent et lui ressemblent, et plus je le retrouve sans pourtant parvenir à le toucher vraiment. L'avenir reconstruit le passé mais n'efface pas la nostalgie. Au contraire, il la multiplie, l'enchante, la désespère.

XV

AU REVOIR ET MERCI

J'ai quarante-cinq ans. Je ne me suis jamais remis de la mort de mon père. Le jour où il a disparu, la vie m'a coupé les jarrets.

Si nous avions pu être jumeaux, nous aurions au moins fait notre temps ici-bas en commun. Mais là, comme les cartes étaient données, lui le père, moi le fils, le décollage irrémédiable était inscrit d'avance.

A quand la guérison ? Jamais, je l'espère.

Par-delà toutes les horreurs de son caractère — j'emploie ici le terme au sens des horreurs de l'amour —, je n'ai depuis lors jamais rencontré de nouveaux « papas », issus de l'amitié, qui me donnent le millième de la sécurité mythique dont mon père recouvrait ceux qui l'aimaient. Par voie de conséquence, j'ai dû abandonner ma peau de fils, et devenir pour les miens un peu de ce qu'il était. Ce n'est pas facile. Je n'ai ni le pouvoir de faire sortir les gens de prison, ni celui de faire boucler une frontière pour empêcher quelqu'un que j'aime de partir en voyage. On n'est pas le bon Dieu si on ne fait pas de miracles. Les siens étaient parfois de vrais miracles. Le reste du temps, ils n'étaient que l'illusion du magicien. Peu importe, on n'y voyait que du feu.

Aujourd'hui, patriarche avant l'âge d'une vaste tribu, seul responsable de la marche des affaires, entouré d'une famille peuplée d'hommes curieusement nonchalants, je me sens seul, dos au mur. Alors, je me redresse.

Etrangeté. C'est en me léguant sa faiblesse que mon père m'a donné une part de sa force. Ma dynamique au travail, je la ramasse tout au fond des découragements qui précèdent chez moi les bouffées de bonheur et d'enthousiasme.

J'ai déjà consacré trois livres à mon père, *La Guerre à neuf ans, Guerre après guerre, Le Nain Jaune. La Bête à bon Dieu* constitue le quatrième et dernier volet.

Ces livres, je n'ai pas pu faire autrement que de les écrire. C'est une nécessité sans cesse renouvelée qui me poussait à reprendre la plume, pour témoigner de ce qu'il fut, et pour tenter de découvrir, à travers lui, qui donc je suis moi-même.

Je n'écrirai plus sur mon père. Voici les dernières lignes. Non pas que j'ai tout dit, mais le livre enchanté de la mémoire heureuse, il faut toujours le refermer longtemps avant la dernière page.

Après le projecteur qui déchire la nuit, et que j'ai agité et braqué dans toutes les directions pour offrir au Nain Jaune un vedettariat qu'il n'avait jamais réclamé, et qu'il redoutait, j'ai besoin aujourd'hui du silence et de l'obscurité qui nous rendent à nous-mêmes et à ceux que l'on aime.

Depuis mon premier livre, chaque livre est mon dernier. J'y mets toute mon espérance, et je n'imagine jamais ce que je peux faire après.

Ne plus écrire sur le Nain Jaune, comment le ferai-je ?

La tentation sera grande, je n'y céderai plus, bien qu'il n'y ait pas de jour sans qu'un souvenir me prenne comme on vous prend le bras.

— Aide-moi à mettre l'écharpe autour de ma bronchite.

Je lui nouais son cache-nez autour du cou. Il toussait. Il regardait la rue glaciale.

— Quand j'étais jeune... Aujourd'hui, je ne connais plus que ma bouche et mes dents.

Il riait. Il toussait. Je suivais...

La Guerre à neuf ans était comme les obscures chapelles des premiers chrétiens.

J'ai voulu *La Bête à bon Dieu* comme une arche gothique, d'une architecture qui ne serait plus tournée que vers les fenêtres, toujours plus de lumière, toujours plus haut les voûtes, comme pour capter le ciel.

La psychanalyse moderne et la littérature du siècle ne manquent ni d'explications ni de justifications sur le rapport père-fils. Du « Famille je vous hais » de Gide, à « La Gloire de mon père » de Pagnol, on a connu les deux pôles.

Je ne me ferai jamais soigner l'âme par la médecine compétente. Je ne veux pas savoir pourquoi j'ai aimé mon père à la folie. Je ne veux pas apprendre que cela eût pu être mieux autrement, ni que je l'ai haï sans le savoir, ni que je le gênais parce que je lui ressemblais.

Je refuse Freud, et son train, qui nous arrache par morceaux et lambeaux toutes nos richesses enfouies, nos rêves, nos béquilles, nos plâtres et, à la fin des fins, nous laisse sur le carreau, nus comme des vers, plus estropiés qu'avant et surtout sans passé.

Le monde de demain, tourné vers des projets qui n'ont pas d'avenir, suffit très largement à la désespérance générale. Moi, pour ce qui est d'hier, du vent dans les cheveux, des marées d'équinoxe, des optimismes enragés, des vieilles voitures décapotables bouffant à fond de train les kilomètres sur des routes de campagne, pour tout ce qui est derrière, je me le garde.

Je me garde mon père, Jean Jardin, tel qu'en la beauté folle de ses vingt ans. Je le mets de côté. Je le fais imprimer avec l'espérance, aussi hasardeuse que la bouteille à la mer, qu'un jour peut-être, dans la vieille bibliothèque d'une vieille maison où passerait ma descendance, ou bien de leurs amis, il se trouvera un jeune homme pour redécouvrir ce livre, en souffler la poussière et, par-delà le temps, redevenir le Nain Jaune.

Plus ceux que nous aimons ont des morts vibrantes et signifiantes, plus il y a de chances qu'ils renaissent un jour sous forme de petits-fils, ou de petits cousins, ou même tout simplement de petits admirateurs. Le Nain Jaune de demain sera peut-être bleu, ou noir, ou jaune, comme son surnom d'origine semblait vouloir le dire.

Peu importe la couleur, peu importe la taille, l'important est que certains êtres merveilleux se reproduisent, soit par les voies du sang, soit par celles du destin. L'hérédité dépasse la génétique. Le cœur a ses raisons que les cellules ignorent... Mais peut-être que je dis des bêtises et que la science est autre que ce que j'en imagine ? Aucune importance. Quand on aime, d'une certaine manière on a toujours raison.

FIN

TABLE DES MATIÈRES

ACHEVÉ D'IMPRIMER
SUR LES PRESSES DE
L'IMPRIMERIE HÉRISSEY
A ÉVREUX (EURE)
LE 7 MAI 1980

N° d'Imprimeur : 25708
N° d'Éditeur : 9285
Dépôt légal : 2e trimestre 1980
Printed in France.

LA BÊTE A BON DIEU